U0655064

季羡林世界游记

千年之约

季羡林◎著　胡光利◎编注

时代出版传媒股份有限公司
安徽文艺出版社

图书在版编目（ＣＩＰ）数据

千年之约/季羡林著；胡光利编注.—合肥：安徽文艺
出版社,2017.9（2022.4重印）
（季羡林世界游记）
ISBN 978-7-5396-6186-5

Ⅰ．①千… Ⅱ．①季… ②胡… Ⅲ．①游记－作品集－
中国－当代 Ⅳ．①I267.4

中国版本图书馆 CIP 数据核字(2017)第 214389 号

出 版 人：姚 巍
责任编辑：李 芳 曾柱柱 装帧设计：张诚鑫

出版发行：时代出版传媒股份有限公司 www.press-mart.com
安徽文艺出版社 www.awpub.com
地 址：合肥市翡翠路 1118 号 邮政编码：230071
营 销 部：(0551)63533889
印 制：北京一鑫印务有限责任公司 (010)61424266

开本：710×1010 1/16 印张：17.75 字数：230 千字
版次：2019 年 1 月第 1 版
印次：2022 年 4 月第 4 次印刷
定价：59.80 元

"要么读书,要么旅行,身体和灵魂,

　　　　　必须有一个在路上。"

目录

老师的足迹

——梁志刚

季羡林是我国著名的散文作家。70余年来,他的散文创作从未间断过,留下了大量优秀的散文作品。

饶宗颐先生说:"我所认识的季先生,是一位笃实敦厚,人们乐于亲近的博大长者,摇起笔来却娓娓动听,光华四射。他具有褒衣博带从容不迫的齐鲁风格和涵盖气象,从来不矜奇、不炫博,脚踏实地,做起学问来,一定要'竭泽而渔',这四个字正是表现他上下求索的精神,如果用来作为度人的金针,亦是再好没有的。"

钟敬文先生说:"季先生以北人治南学(南亚之学),学成于西方而精通东方(东方之学);学问好,人人都知道;散文写得好,却容易被忽略。其实他的文章一直伴随着他的学问,毋宁说也是他学问生命的一种形态。"

乐黛云先生说:"每次读先生的散文都有新的体味。我想那原因就是文中的真情、真思、真美。"

季羡林的散文风格独特,颇具匠心,一直受到广大读者的青睐,历久而不衰。很久以来,一些读者朋友时常跟我说,季羡林的散文游记作品集观景、咏物、叙事、忆旧于一体,置身其中,能够让人穿越时空,穿越不同民族和文化,堪称一绝。作为一位考据学功底深厚的学者和一位非常讲究文采的写家,季羡林笔下的游记作品不仅具有史料价值,而且极具美学价值。但可惜的是,迄今为止,在市面上还没有见到他老人家的一部纯粹的游记作品,也无法从这些已有的散文集中,厘清他老人家一生的足迹。看来,整理并出版季老的游记散文作品,是一件读者企盼已久的事儿。

实话说,作为季老的弟子,我对他的思想感情和文章有切身的、比较深刻的了解和感悟。因此,我有责任、有义务在条件成熟的情况下,选编出一部深受广大读者喜爱的季羡林游记作品集。这对于提高广大读者的阅读、欣赏、写作水平,扩大他们的视野和知识范围,陶冶他们的情操和美感认知,加强他们的道德修养和人文素质,确实是一件十分有意义的事儿。

于是,我和老同学胡光利教授经过比较充分的酝酿准备和认真选编,"季羡林游记"之《千年之约》与《十一国记》最终呈现在读者面前。《千年之约》是季老国内游记的一次梳理,收录了他的一些比较重要的参观游览国内旅游景区的文章。如,《火焰山下》《在敦煌》《观秦兵马俑》《法门寺》《登黄山记》《富春江上》《游小三峡》《海上世界》等,其中既有历史人文故事的奇思妙想,又有自然美景的流连忘返,还有对现代繁荣都市生活的慨叹。《十一国记》是季老国外游记的一次梳理,向读者呈现他青年时代赴德国学习及后来作为学者、作家、教育家、史学家出访印度、缅甸、尼泊尔、泰国、乌兹别克斯坦、日本等国家期间的所见、所闻、所思与所叹。季羡林无论以何种身份出国,都尽心竭力充当中国人民的友好使者,不遗余力为我国与世界各国人民之间铺路架桥。因此,《十一国记》又可以看成体现中外文化交流及友谊的珍贵记录。

季羡林先生是一位学者,他的散文被称为学者散文,因而他的游记不同于旅行家的游记。后者往往记述奇山秀水、奇风异俗,而季羡林的游记并非纯客观地描摹,他更多关注的是人,包括他本人在内,是人的感受。笔者以为,读季羡林的游记散文,除了他的所见、所闻而外,他的所思、所叹经常上溯到遥远的古代,展望到世界的未来,因而更能让读者受益。

石
林
颂

云南石林世界地质公园位于云南红土高原，是著名的喀斯特地貌奇观集聚地，距省会城市昆明 78 千米，海拔在 1600—1900 米之间，属亚热带低纬度高原山地气候，年平均温度约 16℃，具有"冬无严寒、夏无酷暑、四季如春"的特点，是世界最具魅力的旅游胜地之一。石林是中国西南地域自然景观的一枝独秀，季美林用生花之笔写出了它的无比神奇。

我怎样来歌颂石林呢?它是祖国的胜迹,大自然的杰作,宇宙的奇观。它能使画家搁笔,歌唱家沉默,诗人徒唤奈何。

　　但是,我却仍然是非歌颂它不可。在没有看到它以前,我已经默默地歌颂了它许多许多年。现在终于看到了它,难道还能沉默无言吗?

　　在不知道多少年以前,我就听人们谈论到石林,还在一些书上读到有关它的记载。从那时候起,对这样一个神奇的东西,我心里就埋上了一颗向往的种子。以后,我曾多次经过昆明,每次都想去看一看石林;但是,每次都没能如愿,空让那一颗向往的种子寂寞地埋在我的心里,没有能够发芽、开花。

　　我曾有过种种的幻想,我把一切我曾看到过的同"石"和"林"有关的东西都联系起来,构成了我自己的"石林"。我幻想:石林就像是热带的仙人掌,一根一根竖在那里,高高地插入蔚蓝的晴空。我幻想:石林就像是木变石,不是一株,而是千株万株,参差不齐,错错落落,汇成一片大森林。我又幻想:石

象状石

林就像是一堆太湖石,玲珑剔透,嵯峨巉岩,布满了一座美丽的大花园。我觉得,自己创造出来的这些形象都是异常美妙的,我沉湎于自己的幻想中。

　　然而今天,我终于亲眼看到石林了。我发现,不管我那些幻想是多么奇妙,多么美丽,相形之下,它们都黯然失色,有些简直显得寒伧得可笑了。我眼前的石林完全不是那个样子。

　　走到离石林还有十几里路的地方,我就看到一块块的灰色大石头耸立在稻田中,孤高挺直,拔地而起,倒影映在黄色的水面上,再衬上绿色的禾苗,构成一幅秀丽动人的图画。这些石头错错落落地站在那里,从远处看去,就像是一团团的乌云,像是一头头的野象,又像是古代神话中的巨人,手执刀枪,互相搏斗。我兴奋起来了,自己心里想:石林原来是这个样子呀!

　　然而,过了不久,我就发现,石林也还不完全就是这个样子。

　　到了石林的最深处,我看到一块块的青灰色的大石头,高达几十丈几百

剑状石

丈,仿佛是给魔术师从大地深处咒出来似的,盘根错节,森森棱棱,形成了一座巨大的迷宫。这些石头都洋溢着无穷无尽的力量,威慑地挺立在我们眼前。迷宫里面千门万户,窦窍玲珑,说不清有多少曲涧,数不清有多少幽洞。我仿佛走进了古代的阿房宫,"五步一楼,十步一阁;廊腰缦回,檐牙高啄;各抱地势,钩心斗角"。一条条的羊肠小道,阴暗崎岖。一处处的岩穴洞府,老藤穿壁,绿苔盈阶。有时候,我以为没有路了,但是转过一座石壁,却豁然开朗,眼前有清泉一泓,参天怪石倒映其中,显得幽深渺远,恍如仙境;有时候,我以为有路,但是穿涧越洞,猱升蛇行,爬得我昏头昏脑,终于还是碰了壁,不得不回头另找出路;也有时候,我左转右转,上上下下,弯腰曲背,碰头擦臂,以为不知道已经走了多远,然而站下来,定睛一看,却原来又回来了。我就像是陷入了八阵图中,心情又紧张,又兴奋。

但是,在紧张和兴奋中,我并没有忘记欣赏四周的瑰奇伟丽的景色。面对着各种各样的怪石头，我的脑海里映起了种种形象。我有时候想到古代希腊的雕塑，于是目光所到之处，上下左右，全是精美的雕塑，有留着小胡子的阿波罗，有断了一只胳臂的维纳斯，我仿佛到了奥林匹亚神山之上，身处群神之中。我有时候想到"曹衣出水，吴带当风"这两句话，眼前立刻就出现了一幅幅吴道子的绘画，笔触遒劲，力透纸背。一转眼，我眼前又仿佛出现了一座古罗马的大剧院，四周围着粗大的石柱，一根根都有撑天的力量。稍微换一个角度，我又看到南印度海边上用一块块大石头雕成的婆罗门教的神庙，星罗棋布地排在那里。再向前走两步，迎面奔来一群野象，一个个甩起了长大的鼻子，来势汹汹，漫山遍野。然而，眼睛一眨，野象又变成了狮子，大大小小，跳踉游戏，爪子对着爪子，尾巴缠住尾巴，我仿佛能听到它们的吼声。如果眼睛再一眨，野兽就会突然变成花朵。这里是一朵云南名贵的茶花，那里是一朵北地蜚声的牡丹，红英映日，绿萼蔽天。这里是芙蓉花来自阆苑仙境，那里是西方极乐世界里的红莲。只要我心思一转，花朵又转成了人物。仙人骑着丹顶鹤驾云而至，阿罗汉披着袈裟大踏步地走下兜率天……

我左思右想，眼花缭乱。眼前这一片森森棱棱的石头仿佛都活了起来，它们仿佛都具有大神通力，变化多端。我想到什么东西，眼前就出现什么东西。也可以说，眼前出现什么东西，我就想到什么东西。我平常总认为自己并不缺乏想象力，可是今天面对着这一堆石头，我的想象却像是给剪掉了翅膀，没法活动了。我只好停下来，干脆什么都不想，排除一切杂念，让自己的心成为一面光洁的镜子，这一堆鬼斧神工凿成的大石头就把自己的影子投入我这一面晶莹澄澈的镜中。

我现在觉得，倒是本地人民的幻想要比我的幻想好得多。他们是这样说的：有一天，仙人张果老用鞭子赶着一群石头，想把南盘江口堵住，把路南一带变成大海，让村庄淹没，人畜死亡。这时候，正巧有一对青年男女在旷野里谈情说爱。他们看到这情形，就同张果老打起来。结果神仙被打败了，一溜烟逃走，丢下这一群石头，就变成了现在的石林。

　　这幻想的故事是多么朴素，但又多么涵义深远呀！相形之下，自己那些幻想真显得华而不实、毫无意义了。我于是更下定了决心，再不胡思乱想，坐对群石，潜心静观，让它们把影子投入我心里那一面晶莹澄澈的镜中。

　　但是，我却无论如何也抑压不住自己的激情，我不能沉默无言。石林能使画家搁笔，歌唱家沉默，诗人徒唤奈何。我既非画家，又非歌唱家，更非诗人。我只能用这样粗鄙的文字，唱出我的颂歌。

　　　　　　　　　　　　1962年1月末在思茅写成初稿，
　　　　　　　　　　　　6月11日在北京重写

石林风光

西双版纳礼赞

西双版纳古代傣语为"勐巴拉娜西"，意思是"理想而神奇的乐土"。它位于云南省的最南端，是地球北回归线沙漠带上唯一的一块绿洲。它是我国南方热点旅游景区之一，以神奇的热带雨林自然景观和浓郁的少数民族风情闻名于世。

在西双版纳，季羡林不但爱那里的清晨，爱那里的夜月，爱那里的白云，爱那里的青山，而且更爱那的人。和过去相比，今日的西双版纳简直"换了人间"，完全是另一番景象，另一个天地。而今日的西双版纳之所以成为人间乐园，季羡林认为最主要的原因是"得人和"。

在北京的时候，我就常常想到西双版纳。每一想到，思想好像要插上翅膀，飞呀，飞呀，不知道要飞多久，飞多远，才能飞到祖国的这一个遥远的边疆地区。

然而，今天我到了西双版纳，却觉得北京就在我跟前。我仿佛能够嗅到北京的气味，听到北京的声音，看到北京的颜色；我的一呼、一吸、一举手、一投足，仿佛都与北京人共之。我没有一点辽远的感觉，这是什么原因呢？

这原因，我最初确是百思莫解。它对我仿佛是一个神秘的谜，我左猜右猜，无论如何也猜不透。

但是，我终于在无意中得到了答案。

有一天，我们在景洪参观一个热带植物园。一群男女青年陪着我们。听他们的口音，都不是本地人：有的来自南京，有的来自上海，有的来自湖南，有的来自江苏。尽管故乡不同，方音各异，现在却和睦融洽地生活在一起，工作在

西双版纳热带植物园

一起。在浓黑的橡胶树荫里，在五彩缤纷的奇花异草的芳香中，这些青年兴致勃勃地给我们解释每一棵植物的名称、特点、经济价值。有一个女孩子，垂着一双辫子，长着一对又圆又大又亮的眼睛，双颊像苹果一般地红艳。她浑身洋溢着青春的活力，眼睛里闪烁着动人的光芒。她正巧走在我的身旁，我就同她闲谈起来：

"你是什么地方人呢？"

"福建厦门。"

"来了几年了？"

"五年了。"

"你不想家吗？"

女孩子嫣然一笑，把辫子往背后一甩，从容不迫地说道："哪里是祖国的地方，哪里就是我可爱的家乡。"

我的心一动，这一句话多么值得深思玩味呀。从这些男女青年的神情上来看，他们早已把西双版纳当作自己的家乡。而我自己虽然来到这里不久，

穿行在原始森林中的大象

也在不知不觉中把西双版纳当作自己的家乡了，我已经觉得它同北京没有什么差别了。

我曾不止一次地听日本朋友说到中国青年的眼睛特别亮，这个观察很细致。西双版纳的青年们，确实都像从厦门来的那个女孩子，眼睛特别明亮。这眼睛不但看到现在，而且看到将来；里面洋溢着蓬勃的热情、炽热的希望和美丽的幻想。

西双版纳是一个"黄金国"，是一个奇妙的地方，是一个能引起人们幻想的地方。到了这里，青年们的眼睛怎能不特别明亮呢？

就看看这里的树林吧。离开思茅不远，一进入西双版纳的原始密林，你就会为各种植物的那种无穷无尽、充沛旺盛的生命力所震惊。你看那参天的古树，它从群树丛中伸出了脑袋，孤高挺直，耸然而起，仿佛想一直长到天上，把天空戳上一个窟窿。大叶子的蔓藤爬在树干上，伸着肥大浓绿的胳臂，树多高，它就爬多高，一直爬到白云里去。一些像兰草一样的草本植物，就生长在大树的枝干上，骄傲地在空中繁荣滋长。大榕树劲头更大，一棵树就能繁衍成一片树林。粗大的枝干上长出了一条条的腿，只要有机会踏到地面上，它立刻就深深地牢牢地钻进去，仿佛想把大地钻透，任凭风多大，也休想动摇它丝毫。芭蕉的叶子大得惊人，一片叶子好像就能搭一个天棚，影子铺到地上，浓黑一团。总之，在这里，各种的树，各种的草，各种的花，生长在一起，纠缠在一起，长呀，长呀，长成堆，长成团，长成了一块，郁郁苍苍，浓翠欲滴，连一条蛇都难钻进去。

这里的水果蔬菜，也很惊人。一棵香蕉树能结成百上千只香蕉。肥大的木瓜，簇拥在一起，谁也不让谁；力量大的尽量扩大自己的身体，力量小的只好在夹缝中谋求生存。白菜一棵有几十斤重，拿到手里，像是满手翡翠。萝卜滚圆粗大，里面的汁水简直就要流了出来。大葱有的长得像小儿的胳臂，又白又嫩。其他蔬菜无不肥嫩鲜美。我们初看到的时候，简直有点觉得它们大得浪费，肥得荒谬，瞠目结舌，不知道究竟应该说什么好了。

所有这一切从地里生长出来的东西，仿佛从大地的最深处带出来了一股丰盈充沛的生命活力，汹涌迸发，弥漫横溢。它在一切树木上，一切花草上，一切山之巅，一切水之涯，把这一片土地造成了美丽的地上乐园。

再说到这里的自然风光，那更是瑰丽奇伟。这里也可以说是有四季的，但却与北方不同，不是春夏秋冬，而是三个春季和一个夏季。我来到这里的时候，北方正是"千里冰封，万里雪飘"，这里却风和日暖，花气袭人，大概只能算是一个春季吧。我最爱这里的清晨。当一百只雄鸡的鸣声把我唤出梦境的时候，晓星未退，晨雾正浓。各种各样花草的香气，在雾中仿佛凝结了起来，成团成块，逼人欲醉。我最爱这里的月夜。月光像水一般从天空中泻下

云海中的西双版纳

来,泻到芭蕉的大叶子上,泻到累累垂垂的木瓜上,泻到成丛的剑麻上,让一切都浸在清冷的银光中。芭蕉的门扇似的大叶子,剑麻的带锯齿的叶子,木瓜树的长圆的叶子,阴影投在地上,黑白分明,线条清晰。我最爱这里的白云。舒卷自如,变化万端,流动在群山深处,大树林中;流动在茅舍顶上,汽车轮下。它给森林系上腰带,给群峰戴上帽子。每当汽车驶入白云中的时候,下顾溪壑深处,白云仿佛变成了银桥,驮着汽车走向琼楼玉宇的天宫。我最爱这里的青山。簇簇拥拥,层层叠叠,身上驮满了万草千树,肚子里藏满了珍宝奇石,像是一条条翠绿的玉带,环绕着每一个坝子,千峰争秀,万壑竞幽……我最爱这,我最爱那,我最爱的东西是数也数不完的。

现在这里不但获天时,有地利,最主要的还是得人和。在过去几千年的历史上,这里是有名的瘴疠地,也是有名的民族矛盾冲突的地方。许多古书上记载着一些有关此地的骇人听闻的事情,说这里的空气满含瘴气,呼吸不得;这里的水是毒泉,喝不得;许多美丽的花草也是有毒的,摸不得,嗅不得;森林里蚊子大得像蜻蜓,毒虫肥得像老鼠,简直把这里描绘成一个人间地狱。但是,今天的西双版纳却"换了人间",完全是另一番景象,另一个天地了。所谓蛮烟瘴雨,早为光天化日所代替,初升的朝阳照穿了神秘的原始密林。花显得更香,叶显得更绿,果实蔬菜显得更肥更大,风光显得更美更妙。工厂里的白烟与山中的白云流在一起,分不清哪是烟,哪是云;人们的歌声与林中的鸟声汇在一起,分不清哪是歌声,哪是鸟声。许多外地的,甚至外国的植物在这里安了家;许多外地的人也在这里安了家。十几个语言不同、信仰不同、服装不同、风俗不同的民族聚居在一个村子里,和睦融洽地生活在一起,工作在一起,像是一个大家庭。现在这里真正够得上称作人间乐园了。

在这样一个地方,青年们的眼睛特别明亮,他们把自己的理想和前途,同祖国的前途,同这个地方的前途联系起来,把这个地方当作了自己的家乡,这也是很自然的事情了。

从前,在离开这里不远的思茅,流行着两句话:"要下思茅坝,先把老婆嫁。"但是,今天,我们这群来参观访问的人,都一致同意把它改成:"要到思茅来,先把老婆带。"我们兴奋地相约:十年后,二十年后,我们一定要再回西双版纳来。到了那时候,西双版纳不知道究竟会美丽奇妙到什么程度。我希望,到了那时候,我能够写出比现在好的礼赞来。

1962 年 8 月

访绍兴鲁迅故居

这是季美林一生首次也是唯一一次来到鲁迅故居参观。文章从小处写起，以小见大，情感细腻，心潮腾涌，颂扬鲁迅"没有丝毫的奴颜和媚骨"，一生顽强战斗，追求真理，"横眉冷对千夫指，俯首甘为孺子牛"。

　　季美林在文中提到鲁迅坚毅刚强的性格正是自儿时逐渐形成的，这与他自己的童年经历似乎相似。而季美林自嘲"少无大志"，其实这也不难理解。一个六岁离开亲生父母，成为寄人篱下的"非孤儿"，能够混上一口饭吃，且有书可读，他就感到心满意足了，又怎能堂而皇之地谈什么远大理想和志向呢？然而，这样的出身和经历并非完全是一件坏事，它使季美林领略到世事纷纭，道路维艰，人性里隐藏的并非只有光明的一面，还有黑暗的一面，如自私、阴险和邪恶。因此，他头脑平和而敏锐，性格质朴而刚强，经历了那么多的风风雨雨，七波八折，在政治信仰和学术修养上，逐渐做到是非明确，立场坚定，并形成一种大无畏的淡定。

一转入那个地上铺着石板的小胡同,我立刻就认出了那一个从一幅木刻上久已熟悉了的门口。当年鲁迅的母亲就是在这里送她的儿子到南京去求学的。

我怀着虔敬的心情走进了这一个简陋的大门。我随时在提醒自己:我现在踏上的不是一个平常的地方。一个伟大的人物、一个文化战线上的坚强的战士就诞生在这里,而且在这里度过了他的童年。

对于这样一个人物,我从中学时代起就怀着无限的爱戴与向往。我读了他所有的作品,有的还不止一遍。有一些篇章我甚至能够背诵得出。因此,对于他这个故居我是十分熟悉的。今天虽然是第一次来到这里,我却感到我是来到一个旧游之地了。

房子已经十分古老,而且结构也十分复杂,不像北京的四合院那样,让人一目了然。但是,我仍觉得这房子是十分可爱的。我们穿过阴暗的走廊,走过

鲁迅故居(绍兴)

一间间的屋子。我们看到了鲁迅祖母给他讲故事的地方,看到长妈妈在上面睡成一个"大"字的大床,看到鲁迅抄写《南方草木状》用的桌子,也看到鲁迅小时候的天堂——百草园。这都是一些普普通通的东西和地方,一点也看不出有什么神奇之处。但是,我却觉得这都是极其不平常的东西和地方。这里的每一块砖、每一寸土、桌子的每一个角、椅子的每一条腿,鲁迅都踏过、摸过、碰过。我总想多看这些东西一眼,在这些地方多流连一会。

鲁迅早已离开这个世界了。他生前,恐怕也很久没有到这一所房子里来过了。但是,我总觉得,他的身影就在我们身旁。我仿佛看到他在百草园里拔草捉虫,看到他同他的小朋友闰土在那里谈话游戏,看到他在父亲严厉监督之下念书写字,看到他做这做那。

这个身影当然是一个小孩子的身影。但是,就是当鲁迅还是一个小孩子的时候,他那坚毅刚强的性格已经有所表露。在他幼年读书的地方三味书屋里,我们看到了他用小刀刻在桌子上的那一个"早"字。故事是大家都熟悉的:有一天,他不知道是由于什么原因,上学迟到了,受到了老师的责问。他于是就刻了这一个字,表示以后一定要来早。以后他就果然再没有迟到过。

这是一件小事。然而,由小见大,它不是很值得我们深思自省吗?

三味书屋

这坚毅刚强的性格伴随了鲁迅一生。"他没有丝毫的奴颜和媚骨。"他一生顽强战斗,追求真理。"横眉冷对千夫指,俯首甘为孺子牛。"他对人民是一个态度,对敌人是完全不同的另一个态度。谁读了这样两句诗,不深深地受到感动呢?现在我在这一间阴暗书房里看到这一个小小的"早"字,我立刻想到他那战斗的一生。在我心目中,他仿佛成了一块铁、一块钢、一块金刚石。刀砍不断,石砸不破,火烧不熔,水浸不透。他的身影突然大了起来,凛然立于宇宙之间,给人带来无限的鼓舞与力量。

同刻着"早"字的那一张书桌仅有一壁之隔,就是鲁迅文章里提到的那一个小院子。他在这里读书的时候,常常偷跑到这里来寻蝉蜕,捉苍蝇。院子确实不大,大概只有两丈多长、一丈多宽,墙角上长着一株蜡梅,据说还是当年鲁迅在这里读书时的那一棵。按年岁计算起来,它的年龄应该有一百八十岁了。可是样子却还是年轻得很。梗干茁壮坚挺,叶子是碧绿碧绿的。浑身上下,无限生机;看样子,它还要在这里站上一千年。在我眼中,这一株蜡梅也仿佛成了鲁迅那坚毅刚强的、威武不能屈、富贵不能淫的性格的象征。我从地上拾起了一片叶子,小心地夹在我的笔记本里。

把树叶夹在笔记本里,回头看到一直陪我们参观的闰土的孙子在对着我笑。我不了解他这笑是什么意思。也许是笑我那样看重那一片小小的叶子;也许是笑我热得满脸出汗。不管怎样,我也对他笑了一笑。我看他那壮健的体格,看他那浑身的力量,不由得心里就愉快起来,想同他谈一谈。我问他的生活情况和工作情况,他说都很好,都很满意。我这些问题其实都是多余的。从他那满脸的笑容、全身的气度来看,他生活得十分满意,工作得十分称心,不是很清清楚楚的吗?

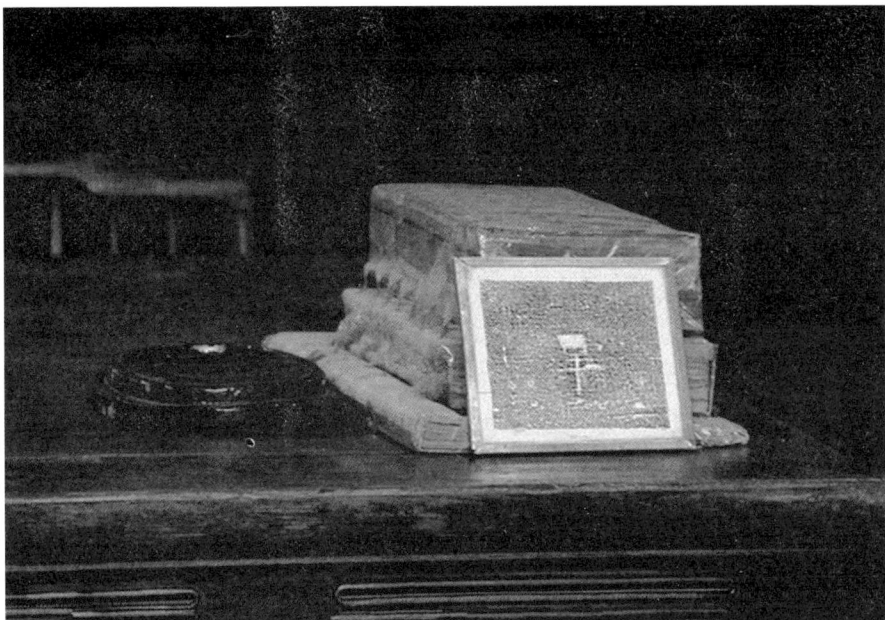

鲁迅刻的"早"字

我因此又想到他的祖父闰土。当他隔了许多年又同鲁迅见面的时候,他不敢再承认小时候的友谊,对着鲁迅喊了一声"老爷"。这使鲁迅打了一个寒噤。他给生活的担子压得十分痛苦,但却又说不出。这又使鲁迅吃了一惊。可是他的儿子水生和鲁迅的侄儿宏儿却非常要好。鲁迅于是大为感慨:他不愿意孩子们再像他那样辛苦辗转而生活,也不愿意他们像闰土那样辛苦麻木而生活,也不愿意他们像别人那样辛苦恣睢而生活。他们应该有新的生活。

　　这样的生活鲁迅没有能够亲眼看到。但是,今天这新的生活却确确实实地成为现实了。他那老朋友闰土的孙子过的就是这样的新生活,是他们所未经生活过的。按年龄计算起来,鲁迅大概没有见到过闰土的这个孙子。但这是不重要的,重要的是,鲁迅一生为天下的"孺子"而奋斗,今天他的愿望实现了。这真是天地间一大快事。如果鲁迅能够亲眼看到的话,他会多么感到欣慰啊!

　　我从闰土的孙子想到闰土,从现在想到过去。今昔一比,恍若隔世。我眼前看到的虽然只是闰土的孙子的笑容,但是,在我的心里,却仿佛看到了普天下千千万万孩子们的笑容,看到了全国人民的笑容。幸福的感觉油然流遍了我的全身。我就带着这样的感觉离开了那一个我以前已经熟悉、今天又亲眼看到的门口。

　　　　　　　　　　　　　　　　　　1963 年 11 月 23 日写毕

火焰山下

1979年8月底,作为北大副校长的季羡林,应新疆大学之邀,到天山南北考察讲学,游览了乌鲁木齐、吐鲁番、高昌古城、葡萄沟、库车、克孜尔石窟等,并在乌鲁木齐作了题为"吐火罗语与尼雅俗语"的学术报告。这是季羡林第一次来到新疆。其实,他与新疆早有情结,青年时代他在德国师从西克教授学习吐火罗文,研读的文献《福力太子因缘经》正是从新疆出土的。所谓"吐火罗文",就是曾经流行于新疆库车、焉耆一带的古代语言,属于印欧语系。全世界通晓这种语言的学者,据说不超过30人。季羡林在参观新疆维吾尔自治区博物馆时见到陈列的吐火罗文残卷,由于没有人认识这种婆罗米字母,展品竟然放颠倒了。当他指出这个错误时,新疆的同志恍然大悟,独有此人才能解读这种"天书"啊!

　　这次访问之后,1981年新疆博物馆副馆长李遇春来到北大,送来44张88页吐火罗文残卷,请季羡林解读。这批文物是1973年在焉耆七个星断壁残垣中发现的,已经在库房里沉睡多年了。当时,年逾古稀的季羡林许久没有摸过这种东西,感到已经生疏,未敢贸然答应。可是面对这样珍贵的资料,他又焉能不为所动?最终他硬着头皮,答应一试,于是全力以赴,对付这颗难啃的核桃。1998年,由季羡林转写、翻译,学者 W. Wenter 和 J. J. Pinault 协助的英译本《中国新疆博物馆藏甲种吐火罗文弥勒会见记残卷》,由总部分别设在柏林和纽约的跨国出版公司 Mouton de Gruyter 出版,并被列入 W. Wenter 教授主编的《语言学的趋向丛书》(*Trends in Linguisties*),作为其中《研究与专著》(*Studies and Monograph*)系列的第113种。这是一部存世规模最大的吐火罗文文献英译本,它的出版在西方学术界引起了轰动,许多人对中国学者刮目相看。在完成这个巨大的学术工程之后,季羡林激动地说:"我心里感到了很大的安慰,我可以告慰恩师西克的在天之灵了!"

从前读《西游记》，读到火焰山，颇震惊于那火势之剧烈。后来，听人说，火焰山影射的就是吐鲁番。可是吐鲁番我以前从未到过，没有亲身感受，对于火焰山我就只有幻想了。

　　万没有想到，我今天竟来到火焰山下。

　　火焰山果然名不虚传。在乌鲁木齐，夜里看电影，须要穿上棉大衣。然而，汽车从乌鲁木齐开出，开过达坂城，再往前走一段，一出天山山口，进入百里戈壁，迎面一阵热风就扑向车内，我们仿佛一下子落到蒸笼里面，而且是越走越热。中午到了吐鲁番县，从窗子里看出去，一片骄阳闪耀在葡萄架上，葡萄的肥大的绿叶子好像在喘着气。有人告诉我，吐鲁番的炎热时期已经过去；我们来的前两天，气温是摄氏四十多度；今天已经"凉爽"得多了，只有三十九度。但是，从我自己的亲身感受中，同乌鲁木齐比较起来，吐鲁番仍然是名副其实的火焰山。

高昌古城遗址

　　这让我立刻想到了非洲的马里。我曾在最热的时期访问过那个国家，气温是五十多度。我们被囚在有空调设备的屋子里，从双层的玻璃窗子看出去，院子里好像是一片火海。阳光像是在燃烧，不是像在吐鲁番一样燃烧在葡萄架上，而是燃烧在参天的杧果树上。

　　杧果树也好像在喘着气。树下当然是有阴影的；但是连那些阴影看上去也绝不给人以清凉的感觉，而仿佛是火焰的阴影。

　　我眼前的吐鲁番俨然就是第二个马里。

　　我们就在类似马里那样炎热的一个下午驱车近百里去探望高昌古城的遗址。

　　一走出吐鲁番县，又是百里戈壁，寸草不生，遍布沙砾，极目天际，不见人烟。阳光毫无遮拦地照射在这些沙砾上，每一粒都闪闪发光，仿佛在喷着火焰。远处是一列不太高的山，这就是那有名的火焰山。上面没有一点绿的东西，没有一点有生命的东西。石头全是赤红色的，从远处望过去，活像是熊熊燃烧着的火焰，这不是人间的火，也不是神话中的天堂里的火和地狱之火。这是火焰已经凝固了的火，纹丝不动，但却猛烈；光焰不高，但却团聚。整个天地，整个宇宙仿佛都在燃烧。我们就处在上达苍穹下抵黄泉的大火之中。

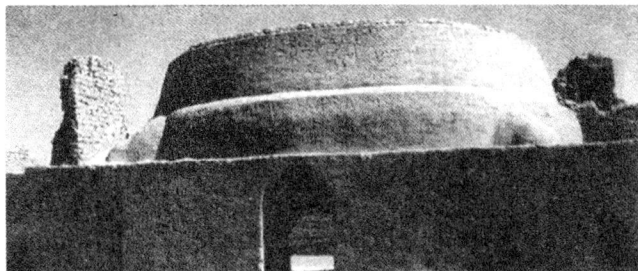

高昌古城大佛寺,当年玄奘在此讲经说法

吐鲁番火焰山腹地发现的美猴王孙悟空天然立体巨像,高约 20 米,其衣着神韵竟与《西游记》中的美猴王孙悟空一模一样

交河古城遗址

我从前读《西游记》，读到那一段关于火焰山的描绘，我只不过觉得好玩而已。书上描绘说，离开火焰山不远，房舍的瓦都是红的，门是红的，板榻也是红的，总之是一切都是红的，连卖切糕的人推的车子也是红的。那里"有八百里火焰，四周围寸草不生。若过得山，就是铜脑盖、铁身躯，也要化成汁哩"。八百里当然是夸大之词；但是在我眼前，整个山全是红的，周围寸草不生，这些全是实情。我现在毫无好玩的感觉。我只有一个渴望，一个十分迫切的渴望，渴望得到铁扇公主那一把芭蕉扇，用于一扇，火焰立刻熄灭，清凉转瞬降临。

我现在很不理解，为什么当年竟在这样一个地狱似的酷热的地方建筑了高昌城。唐朝的高僧玄奘到印度去求法，曾经路过高昌。《大慈恩寺三藏法师传》里面，对他在高昌的情况有细致生动的描绘。这里讲到了城门，讲到了王宫，讲到了王宫中的重阁，讲到了王宫旁边的道场。虽然没有讲到市廛的情况，但是有上述的那些地方，则王宫之外，必然是市廛林立，行人熙攘。每当黄昏时分，夜幕渐渐笼罩住大漠，黑暗弥漫于每一个角落，跋涉过千山万水，横绝大戈壁的商队迤逦入城，驼铃丁当，敲碎了黄昏的寂静。每一间黄土盖成的房子里也必然有淡黄的灯光流出，把窄窄的长街照得朦胧虚幻，若有若无……但是今天我们来到这里，早已面目全非，城市的轮廓大体可见，城门和街道历历可指。然而看到的却只有断壁颓垣，而且还不同于一般的断壁颓垣。这里根本没有砖瓦，所有的建筑——皇宫、佛寺、大厅、住宅，统统是黄土堆成。这种黄土坚硬似铁，历千年而不变，再加上这里根本很少下雨，因此这一座黄泥堆成的城才能保存到今天。我们今天看到的是一片淡黄，没有一棵树，没有一根草。"春风不度玉门关"，春天好像已经被锁在关内，这里与春天无份了。

交河古城大佛塔

在这里，我无论如何也想象不出，当年玄奘来到这里是什么情景。我想象不出，他是怎样同麴文泰会面，怎样同麴文泰的母亲会面的。他在这里住了一段时间，大概每天也就奔波于一片淡黄之中。麴文泰也像后来唐太宗一样想劝玄奘还俗。玄奘坚持不动，甚至以绝食至死相威胁，终于感动了麴文泰母子，放玄奘西行。这是多么热烈的人类生活的场面。然而今天这一些都到哪里去了呢？我一时忍不住发思古之幽情，前不见古人，后不见来者。但是我却并没有独怆然而泪下。在历史的长河中，人人都是这样，后之视今亦犹今之视昔。我丢开了这种幽情，抬眼四望，这一座黄土古城的断壁颓垣顿时闪出了异样的光辉。

第二天，我们又在同样酷热的天气中去凭吊交河古城。这座古城正处在同高昌相反的方向。从表面上看上去，它同高昌几乎没有什么不同之处：一样是黄土堆成的断壁颓垣，一样是寸草不生，一样是一片淡黄。"西风残照，汉家陵阙"，一样能引起人们的思古之幽情。但是，从环境上来看，却与高昌迥乎不同。"交河"这个名称就告诉我们，它是处在两河之交的地方。从残留的城墙上下望,峭壁千仞,下有清流,绿禾遍野,清泉潺湲。我从前读唐代诗人李颀的诗《古从军行》:"白日登山望烽火,黄昏饮马傍交河。行人刁斗风沙暗,公主琵琶幽怨多。野云万里无城郭,雨雪纷纷连大漠。胡雁哀鸣夜夜飞,胡儿眼泪双双落。"我无论如何也想象不出,交河究竟是什么样子。今天亲身来到交河,一目了然,胸无阻滞,我那思古之幽情反而慢慢暗淡下去,而对古人所说的"读万卷书,行万里路"由衷地钦佩起来了。

就这样,我在吐鲁番住了几天,两天看了两座历史上有名的古城。这两座名城同火焰山当然不一样,但是其炎热的程度却只能说是不相上下。我上面讲到的看到火焰山时的那一个渴望得到铁扇公主芭蕉扇的幻想,时时萦绕在我脑际,一刻也不想离去。然而我的理智却让我死心塌地地相信,那只是幻想,世界上哪里会有什么铁扇公主?哪里会有什么芭蕉扇?吐鲁番这地方注定是火焰山的天下了。

然而,到了黄昏时分,当我们凭吊完古城乘车回宾馆的时候,招待我们的主人提出来要到葡萄沟去转一转。我根本不知道,葡萄沟是什么样子。"去就去吧!"我在心里平静地想,我万万没有想到,在这个地方,在这个时候,能会出现什么奇迹。

可是,汽车转了几转,奇迹就在眼前出现了。两行参天的杨树整整齐齐地排在大路两旁,潺潺的水声透过杨树传了出来。浓密的葡萄架散布在小溪岸边、杨柳树下,这里绿意葱茏,浓荫四布,身上还感到有一些凉意。我一下子怔住了:我现在是在火焰山下吗?是不是真有人借来了铁扇公主的芭蕉扇把火焰扇灭了呢?我自凝神细看:绿杨葡萄,清泉潺湲,丝毫也不容怀疑。我

位于新疆拜城的克孜尔千佛洞

来到葡萄沟了。

车子开上去,最后到了一座花园。园子里长满葡萄,小溪萦绕。山脚下有一个小池子,泉水从石缝中流出,其声清脆。有一群红色游鱼在池中摇摆着尾巴游来游去。我们坐在葡萄架下,品尝着有名的新疆葡萄。此时凉意渐浓,仿佛一下子从酷热的三伏来到凉爽的深秋,火焰山一下子变成了清凉世界。看来,铁扇公主的那一把芭蕉扇在唐代大概是缺少不了的。但是,到了今天,已经换了人间,这扇子就没有作用了。

新疆毕竟是一块宝地,有火焰山,也有葡萄沟,而葡萄沟偏偏就在火焰山下。这就是我们的吐鲁番,这就是我们的新疆。

1980年4月22日

游天池

季羡林一行在访问新疆期间，好客的主人还安排他们忙中偷闲，游览了位于新疆维吾尔自治区阜康县境内的博格达峰下的天池，这是一处风景优美的游览胜地。

《庄子·逍遥游》云："南冥者，天池也。"成玄英疏："大海洪川，原夫造化，非人所作，故曰天池。"天池实为一湖名，是一个形成于冰川时代的高山湖泊，湖面海拔 1980 米，冰山映碧水，美丽而壮观。

在此文中，季羡林所引神话中的王母娘娘，即称西王母，或金母、王母、西姥。在《山海经》里，她是一个豹尾虎齿而善啸的怪物。在《穆天子传》里，她却是一个雍容平和、能唱歌谣的妇人。在《汉武内传》里，她却成为年约三十、容貌绝世的女神，并把三千年结一次果的蟠桃赐给武帝。《神异记》更为她塑造了一个配偶东王公，说她与东王公一年一相会。在后来的小说、戏曲中，又称之为"瑶池金母"，每逢蟠桃熟时，瑶池金母大开寿宴，诸仙都来为她上寿。故旧时，民间将西王母作为长生不老的象征。

有如一个什么神仙,从天堂上什么地方,把一个神仙的池塘摔了下来,落到地上,落到天山里面,就成了现在的天池。

　　民间流传的神话说,半山的小天池是王母娘娘的洗脚盆,山顶上的大天池是王母娘娘的浴池。如果真有一个王母娘娘的话,她的洗脚盆或者浴池大概也只能是这个样子。"西望瑶池降王母",唐代大诗人杜甫已经这样期望过了。至于她究竟降下来了没有,我们不得而知。如今却只是王母已乘青鸾去,此地空余双天池。

　　今天我们就来到了这个天池。

　　早就听到新疆朋友们说,到新疆来而不去天池,那就等于没有来。我们决不甘心到了新疆而等于没有来,所以在百忙中冒着传说中天池的寒气从乌鲁木齐趱行两百多里路来到了这里。

　　天山像一团黑云,横亘天际。从很远的地方就可以望到山顶上白皑皑的雪峰，插入蔚蓝的天空。我在内地从来没有看到过真正的雪峰。来到这里，乍一看到，眼前仿佛一下子亮了起来，兴致也随之而腾涌。车子一开进大山，不时看到哈萨克牧民赶着羊群或马群，用老黄牛驮着蒙古包，从山上迤逦走下山来。耳朵里听到的是从万古雪峰上溶化后流下来的雪水在路旁山溪中潺潺的声音。靠近我们的山峰顶上并没有雪，只是在山脊的背阴处长满茂密的松林，据说是原始森林。一棵棵古松都长得苍劲挺直，整整齐齐地排在那里。不长松林的地方，也都是绿草如茵，青翠如碧琉璃。在这些山峰的背后，就是万古雪峰，仿佛近在眼前，伸手就能够抓一把雪过来。然而，据说有一些雪峰还没有人爬上去过哩。

在一路泉声的伴奏下，车子盘旋而上。有时候路比较平坦；有时候则非常陡。往往是转过一个大弯以后，下视走过的山路，深深地落到脚下，令人目眩不敢久视。走到半山的时候，路旁出现了一个圆圆的颜色深绿的池塘，这就是所谓的小天池。在这样高的地方，有这样深的池塘，不是从天上摔下来又是从什么地方来的呢？汽车再往上盘旋，最后来到一个山脊上。眼前豁然开朗，久仰大名的大天池就展现在眼前。烟波浩渺，水色深碧，据说是深不可测。在海拔两千米的地方，在众山环抱中，在一系列小山的下面，居然有这样一个湖泊。不见是不会相信的，见了仍然不能相信。这更加强了我的疑问：不是从天上摔下来又是从什么地方来的呢？在这里，幻想大有驰骋的余地，神话也大有销售的市场。天池对面的山坡上长满了挺拔的青松，青松上面是群峰簇列。在众峰之巅就露出了雪峰，在阳光下亮晶晶闪着白光，仿佛离我们更近了。我们此时心旷神怡，逸兴遄飞，面对神话般的雪峰，真像是羽化而登仙了。

在池边的乱石堆中，却另有一番景象。这里人来人往，摩肩接踵，吵吵嚷嚷，拥拥挤挤，一点也没有什么仙气。有很多工厂或者什么团体，从几百里路以外，用汽车运来了肥羊，就在池边乱石堆中屠宰，鲜血溅地，赤如桃花；而且就地剥皮剔肉，把滴着鲜血的羊皮晒在石头上，在石旁支上大锅，做起手抓饭来。碧水池畔，炊烟滚滚；白山脚下，人声喧哗。那些带着酒瓶和乐器的人，又吃又喝，载歌载舞，划拳之声，震响遐迩。卖天山雪莲的人，也挤在里面，大凑其热闹。连那些哈萨克人放牧的牛，没有人管束，也挤在人群中，尖着一双角，摇着尾巴，横冲直撞，旁若无人。我想，不但这些牛心中眼中没有什么雪峰天池，连那些人，心中眼中也同样没有什么雪峰天池。他们眼中看到的只是一碗手抓羊肉，一杯美酒。他们不过是把吃手抓羊肉的地方调换一下而已。我仿佛看到雪峰在那里蹙眉，天池在那里流泪……

至于我们自己，我们从远方来的人却是心中只有天池，眼中只有雪山。我恨不能把这白山绿水搬到关内，让广大的人民共饱眼福。这当然是不可能的。我只有瞪大了眼睛，看着天池和雪峰，我想用眼睛把它们搬走。我看着，看着，眼前的景色突然变幻。王母娘娘又回来了。她正驾着青鸾，飞翔在空中，仙酒蟠桃，翠盖云旗，随从如云，侍女如雨，飞过雪峰，飞过青松，就停留在天池上面。"于是屏翳收风，川后静波。冯夷鸣鼓，女娲清歌。腾文鱼以警乘，鸣玉鸾以偕逝。六龙俨其齐首，载云车之容裔。鲸鲵踊而夹毂，水禽翔而为卫。"此时云霞满天，彩虹如锦，幻成一幅五色缤纷的画图。

但是，幻象毕竟只是幻象。一转瞬间，一切都消逝无余。展现在眼前的仍然是碧波荡漾的天池、郁郁葱葱的青松、闪着白光的雪峰和熙攘往来的人群。这时候,日头已经有点偏西,雪峰的阴影似乎就要压了下来。是我们下山的时候了。我们又沿着盘山公路,驶下山去。走到小天池的时候,回望雪峰,在大天池只能看到两座峰顶,这里却看到了五座,白皑皑,亮晶晶刺入蔚蓝无际的晴空。

1979年8月3日写于乌鲁木齐野营地,

1980年5月14日改毕于北京

在敦煌

季羡林访问新疆之后，并没有直接返回北京，而是来到另一个令人魂牵梦绕的圣地——敦煌。他在琳琅满目、美不胜收的莫高窟千佛洞仔细观摩，流连忘返，而后写了这篇相对纯写景的文章，为我们记录下古代丝绸之路的宏伟蓝图。

　　在敦煌的这些日子，季羡林每天都很兴奋，他甚至突发奇想，要在此度过余生。季羡林确实把心留在了敦煌。季羡林从新疆和甘肃考察回来，即与常书鸿、周林等二十余位学者向党中央、国务院联名写信，建议成立中国敦煌吐鲁番学会。1983 年 8 月 15 日—22 日，中国敦煌吐鲁番学会成立暨全国第一次敦煌学术研讨会在兰州、敦煌莫高窟召开，季羡林当选为学会会长。从此，一批中青年敦煌学者，踔厉风发，脱颖而出，在不长的时间内出版了大量有较高学术水平的著作。季羡林更是身先士卒，为中国争得了在敦煌吐鲁番学研究领域的话语权，外国同行不能不刮目相看。1988 年，在北京召开的中国敦煌吐鲁番学会年会上，季羡林提出一个口号："敦煌在中国，敦煌学在世界。"这一口号得到与会中外学者的同声赞成。直至今日，世界以及中国敦煌学的蓬勃发展证明了这个口号是正确的，有利于国内外敦煌学学者的团结协作，共同促进敦煌学的繁荣。

刚看过新疆各地的许多千佛洞，在驱车前往敦煌莫高窟千佛洞的路上，我心里就不禁比较起来：在那里一走出一个村镇或城市，就是戈壁千里，寸草不生；在这里，一离开柳园，也是平野百里，禾稼不长；然而却是点缀着一些骆驼刺之类的沙漠植物，在一片黄沙中绿油油地充满了生意，看上去让人不感到那么荒凉、寂寞。

　　我们就是走过了数百里这样的平野，最终看到一片葱郁的绿树，隐约出现在天际，后面是一列不太高的山冈，像是一幅中国水墨山水画。我暗自猜想：敦煌大概是到了。

　　果然是敦煌到了。我对敦煌真可以说是"久仰大名，如雷贯耳"了。我在书里读到过敦煌，我听人谈到过敦煌，我也看过不知多少敦煌的绘画和照片。几十年梦寐以求的东西如今一下子看在眼里，印在心中，"相见翻疑梦"，我似乎有点怀疑，这是否是事实了。

敦煌毕竟是真实的。它的样子同我过去看过的照片差不多,这些我都是很熟悉的。此处并没有崇山峻岭,幽篁修竹,有的只不过是几个人合抱不过来的千岁老榆,高高耸入云天的白杨,金碧辉煌的牌楼,开着黄花、红花的花丛。放在别的地方,这一切也许毫无动人之处;然而放在这里,给人的印象却是沙漠中的一个绿洲,戈壁滩上的一颗明珠,一片淡黄中的一点浓绿,一个不折不扣的世外桃源。

至于千佛洞本身,那真是琳琅满目,美不胜收,五光十色,云蒸霞蔚。无论用多么繁缛华丽的语言文字,不管这样的语言文字有多少, 也是无法描绘,无法形容的。这里用得上一句老话了:"只能意会,不能言传。"洞子共有四百多个,大的大到像一座宫殿,小的小到像一个佛龛。几乎每一个洞子里都画着千佛的像。洞子不论大小,墙壁不论宽仄,无不满满地画上了壁画。艺术家好像决不吝惜自己的精力和颜料,决不吝惜自己的光阴和生命,把墙壁上的每一点空间,每一寸的空隙,都填得满满的,多小的地方,他们也决不放过。他们前后共画了一千年,不知流出了多少汗水,不知耗费了多少心血,才给我们留下了这些动人心魄的艺术瑰宝。有的壁画, 就暴露在光天化日之下,经过了一千年的风吹、雨打、日晒、沙浸,但彩色却浓郁如新,鲜艳如初。想到我们先人的这些业绩,我们后人感到无比的兴奋、震惊、感激、敬佩,这难道不是很自然吗?

我们走进了洞子,就仿佛走进了久已逝去的古代世界,甚至古代的异域世界;仿佛走进了神话的世界,童话的世界。尽管洞内洞外,一点声音都没有,但是看到那些大大小小的雕塑,特别是看到墙上的壁画:人物是那样繁多,场面是那样富丽,颜色是那样鲜艳,技巧是那样纯熟,我们内心就不禁感到热闹起来。我们仿佛亲眼看到释迦牟尼从兜率天上骑着六牙白象下降人寰,九龙吐水为他洗浴,一下生就走了七步,口中大声宣称:"天上天下,唯我独尊。"我们仿佛看到他读书、习艺。他力大无穷,竟把一只大象抛上天空,坠下时把土地砸了一个大坑。我们仿佛看到他射箭,连穿七个箭靶。我们仿佛看到他结婚,看到他出游,在城门外遇到老人、病人、死人与和尚,看到他夜半乘马逾城逃走,看到他剃发出家。我们仿佛看到他修苦行,不吃东西,修了六年,把眼睛修得深如古井。我们又仿佛看到他幡然改变主意,毅然放弃了苦行,吃了农女献上的粥,又恢复了精力,走向菩提树下,同恶魔波旬搏斗,终于成了佛,成佛后到处游行,归示,度子,年届八旬,在双林涅槃。使我们最感兴趣、给我们印象最深的是那许许多多的涅槃的画。释迦牟尼已经逝世,闭着眼睛,右胁向下躺在那里。他身后站着许多和尚和俗人。前排的人已经得了道,对生死漠然置之,脸上毫无表情地站在那里。后排的人,不管是国王、各族人民,还是和尚、尼姑,因为道行不高,尘欲未去,参不透生死之道,都号啕大哭,有的捶胸,有的打头,有的击掌,有的顿足,有的撕发,有的裂衣,有的甚至昏倒在地。我们真仿佛听到哭声震天,看到泪水流地,内心里不禁感到震动。最有趣的是外道六师,他们看到主要敌手已死,高兴得弹琴、奏乐、手舞、足蹈。在盈尺或盈丈的墙壁上,宛然一幅人生哀乐图。这样的宗教画,实际上是人世社会的真实描绘,把千载前的社会现实,栩栩如生地搬到我们今天的眼前来。

在很多洞子里,我们又仿佛走进了西方的极乐世界,所谓净土。在这个世界里,阿弥陀佛巍然坐在正中。在他的头上、脚下、身躯的周围画着极乐世界各种生活享受:有妓乐,有舞蹈,有杂技,有饮馔。好像谁都不用担心生活有什么不足,衣来伸手,饭来张口。而且这些饮食和衣服,都用不着人工去制作。到处长着如意神树,树枝上结满了各种美好的饮食和衣着,要什么,有什么,只需一伸手一张口之劳,所有的愿望就都可以满足了。小孩子们也都兴高采烈,他们快乐地把身躯倒竖起来。到处都是美丽的荷塘和雄伟的殿阁,到处都是快活的游人。这些人同我们这些凡人一样,也过着世俗的生活。他们也结婚。新郎跪在地上,向什么人叩头。新娘却站在那里,羞答答不肯把头抬。许多参加婚礼的客人在大吃大喝。两只鸿雁站在门旁。我早就读过古代结婚时有所谓"奠雁"的礼节,却想不出是什么情景。今天这情景就摆在我眼前,仿佛我也成了婚礼的参加者了。他们也有老死。老人活过四万八千岁以后,自己就走到预先盖好的坟墓里去。家人都跟在他后面,生离死别。虽然也有人磕头涕哭,但是总起来看,脸上的表情却都是平静的、肃穆的,好像认为这是人生规律,无所用其忧戚与哀悼。所有这一切世俗生活的绘画,当然都是用来宣扬一个主题思想:不管在什么样的生活环境中,只要一心念阿弥陀佛,就可以往生净土,享受天福。这当然都是幻想,甚至是欺骗。但是艺术家的态度是认真的,他们的技巧是惊人的。他们仔细地描,小心地画,结果把本是虚无缥缈的东西画得像真实的事物一样,生动活泼地、毫不含糊地展现在我们眼前,让我们对于历史得到感性认识,让我们得到奇特美妙的艺术享受。艺术家可能真正相信这些神话的,但是这对我们是无关重要的,重要的是他们的画。这些画画得充满了热情,而且都取材于现实生活。

在世界各国的历史上,所有的神仙和神话,不管是多么离奇荒诞,他们的模特儿总脱离不开人和人生,艺术家通过神仙和神话,让过去的人和人生重现在我们眼前。我们探骊得珠,于愿已足,还有什么可以强求的呢?

最使我吃惊的一件小事:在这富丽堂皇的极乐世界中,在巍峨雄伟的楼台殿阁里,却忽然出现了一只小小的老鼠,鼓着眼睛,尖着尾巴,用警惕狡诈的目光向四下里搜寻窥视,好像见了人要逃窜的样子。我很不理解,为什么艺术家偏偏在这个庄严神圣的净土里画上一只老鼠。难道他们认为,即使在净土中,四害也是难免的吗?难道他们有意给这万人向往的净土开上一个小小的玩笑吗?难道他们有意表示即使是净土也不是百分之百的纯洁吗?我们大家都不理解,经过推敲与讨论,仍然是不理解。但是我们都很感兴趣,认为这位艺术家很有勇气,决不因循抄袭,决不搞本本主义,他敢于石破天惊地去创造。我们对他都表示敬意。

在许多洞子里,我们还看到了许多经变,什么法华经变,楞伽经变,金光明经变,如此等等。艺术家把经中的许多章节,不是根据经文,而是根据变文,用绘画的形式表现出来。在这些经变里,《法华经普门品》似乎是最受欢迎的一品。《普门品》说,谁要是一心称观世音菩萨的名,入大火,大火不能烧;入大水,大水不能漂;入海求宝遇到黑风,船飘坠罗刹国,可以解脱罗刹之难;遭迫害临刑,刑刀段段坏;女子求生男孩,就可以生福德智慧之男,求生女孩,就可以生端正有相之女。总之,威灵显赫,有求必应。画上最多的是临刑刀寸寸断的情景。这似乎是最能形象地表现观音菩萨的法力的一个题材。但是我们也可以看到许多描绘人民生活和生产的情景,一个农民赶着耕牛去耕地。许多小手工业者坐在那里制作什么东西。人们在家里面安静地宴客。人们在花园

《耕获图》

中游乐。人们到灞桥去送别亲友,折杨柳为赠。我曾在不知多少唐诗中读到这情景,今天才第一次在绘画上看到。最有意思的、最耐人寻味的是许多绘画,画的是人们大便的情况,刷牙的情景,据我所知道的,在世界各国任何时代的任何绘画中都难找到这样的绘画。这好像也成了绘画的禁区。然而我们的艺术家却有勇气冲破这不成文而事实上却存在的禁区, 把这种细微并不那么雅观的情景画给我们看。除了佩服以外,我还能说些什么呢? 此外,描绘舞蹈的场面和杂技的场面,也是非常动人的。一个个乐队,一个个乐工,手中执着各种各样的乐器,什么箫、笛、筝、琴、箜篌、排箫、阮咸、琵琶,还有尺八,神情是这样逼真,人物是这样细致,我们耳中仿佛能听到各种乐器和谐的弹奏声,静静的洞子一时喧阗起来。舞蹈的场面也很动人。男女舞人,翩翩起舞,有人甩着长大的袖子,有人动作非常强烈,所谓"胡旋舞"大概就是这个样子吧。我们看到的虽然不是真正的舞蹈,而只是绘画,但是我们也恍然感到"观者如山色沮丧,天地为之久低昂。霍如羿射九日落,矫如群帝骖龙翔。来如雷霆收震怒,罢如江海凝清光"。至于杂技,更是动人心魄。一个演员站在那里,头上顶着长竿,竿顶上站着一个人,人头顶上还站着一个小孩子。看

《歌舞百戏图》

那摇摇欲坠的样子，我们不禁为画上的古人担忧起来。然而，不要怕，两旁还站着两个人哩。他们好像是为了防备万一而站在那里，虽然都戴着纱帽，斯斯文文的，看来好像也蛮有把握。我们可以放心了。前面坐着一些人，这大概就是观众。画面上人数不算多，但看上去却热闹得很。在古代文化交流中，音乐、舞蹈和杂技，好像是占着突出的地位。在新疆的许多千佛洞中，这样的场面也是随处可见的。

在所有的经变中，《维摩诘经变》是最常见的。这一部经在唐代大概非常流行、非常受欢迎的。唐代的一个姓王的大诗人，取名维，字摩诘，合起来就是维摩诘，就是一个很好的证明。我们在很多洞子里，都看到关于维摩诘的壁画。尽管大小不同，洞子不同，但是他的形象却基本上是一致的。维摩诘手执尘尾或者扇子，傲然地斜坐在一张床上，眼神嘴角流露出一副能言善辩、轻蔑藐视的神态。这一部经本身就是一部很好的长篇小说，讲的是一个佛教的居士，名叫维摩诘，唐玄奘译为无垢称。他深通佛法，辩才无碍。有一次他病了，如来佛派大弟子舍利弗去问疾。舍利弗吃过他辩才的苦头，有点发怵不敢去。佛又派大目犍连、大迦叶、须菩提、富楼那弥多罗尼子、摩诃迦旃延、阿那律、

《维摩诘说教图》

优波离、罗睺罗、阿难、弥勒菩萨、善德等去,但是谁也没有胆量去。最后文殊师利膺命前往。维摩诘以神力空其室内,只留下了一张床,他生病坐在上面。于是二人展开了一场辩才战。诸菩萨、大弟子、群释、四天王等都赶来瞧热闹。后来舍利弗和大迦叶也赶了来。最后文殊师利和维摩诘一起来见佛。这一篇小说似的经文以如来正法付嘱于弥勒佛而结束。小说本身内容很丰富,辩论很激烈,描绘很生动,对话很犀利。壁画更发展了这一部经文,把故事画得热闹非常、生动活泼,具有极大的感染力。维摩诘仿佛就要从床上站立起来,而且要走下墙来,同我们展开一场唇枪舌战……

在许多洞子里,除了神话故事以外,还画着许多世俗画。开洞的窟主往往把自己以及一家人都画在墙上。有时候画上一队男官人,前面的几个都是秃头和尚;一队贵妇前面几个是秃头的尼姑。这是本家族里面出家的人,是他们的光荣,是他们的骄傲,所以才被画在前面。这些男女贵人排成队,好像

《张义潮出游图》(局部)

要向佛爷走去。他们为什么要把自己的像画在这千佛洞里呢？是为了宗教功德吗？还是为了永垂不朽？恐怕二者都有一点吧。最引人注目的是《张义潮出游图》。唐代这个独霸一方的大军阀、大官僚，在河西一带很有势力，很有影响，他一跺脚，整个河西走廊都会震动。他的家族开凿了不少的洞子，在一个洞子里就画着自己出游的情景。他自己巍然骑在马上，前面是部队开路，也都骑着马，有的手里拿着乐器，有的手里举着旗帜。拿乐器的正在猛吹猛奏，好像是要行人回避，也好像是在为军容壮声威。后面跟着的是成群的扈从，都是宽衣博带，雍容华贵。乐器中除了喇叭等外，还有画角。我从小念唐诗，不知多少次碰到"画角"这个字眼，但是始终没有见过画角是什么样子。今天见面，宛如故友重逢，分外感到亲切。总之，这一千多年前的出游行乐图，彩色鲜艳地、生动活泼地摆在我们面前，当时的情景跃然壁上。我们今天站在下面看壁画的人，恍惚间成了当时站在路旁的旁观者，看人马杂沓，车

《五台山图》(局部)

如流水,尘土飞扬,好像正从墙壁的一端走向另一端,转瞬即逝。

在一个洞子里,我们还看到一幅巨大的五台山图。既然是五台山,当然与宣扬文殊菩萨是分不开的。但是我们今天看到的却是一幅用绘画形式表现出来的地图和人民生活图。这幅图上画的是从镇州(正定)一直到并州(太原)旅途的情景。这条绵延数百里的路是同绵延数百里的五台山分不开的。这座大山峰峦起伏,山头林立,宛如雨后的春笋一般。山上的名刹都画出了房舍,标出了名字。山下则是一条商路。商人们熙熙攘攘,车水马龙,牲口背上驮着货物,匆匆忙忙向前趱行。旅途是遥远的,就必然要有住宿的客店。于是在图上许多地方都画着客店。店主人、店小二在热情地招呼客人,客人则是出出进进,热闹非常。我们今天的中国青年,甚至中年老年,习惯于住北京饭店、国际饭店一类的高楼大厦,对古代商人旅人行路困难丝毫没有认识,读到"鸡声茅店月,人迹板桥霜",还有什么"夕阳西下,断肠人在天涯",也许还能引起一些遐思,但是绝不会引起同情,我们对那种生活已经非常非常隔膜了。但是这一幅五台山图,会把我们带回到当年的生活环境中去,让我们做一个思古的梦。从这个意义上来讲,这一幅壁画无疑是我们的国宝之一。当年有一个帝国主义国家要出十万美元,收买这一幅壁画,没有得逞,否则我们的这件国宝早已到了波士顿博物馆之类的地方去了。岂不惜哉!

在另外一些洞子里,我们还看到一些和尚西行求法的壁画。这也是必然的。开凿这些洞子主要的是为了宣扬佛教。"千佛洞"这个名词本身就说明了一切。佛教来自印度,这里画着许多出生在印度的佛爷和菩萨,是很自然的。但是如果没有中国和尚到印度去取经,没有印度和尚到中国来送经,佛教是绝不会自己走了来的。因此,我们总是期望,在某一些洞子里能够看到中国西行求法的和尚,事实上也正是这样,我们看到了,而且看到的还不少。一提到西行求法,谁都会立刻就想到唐代高僧玄奘。在一个洞子里,我们确实看到了唐僧取经的画。这是一幅水月观音的巨大的画,水月观音巨大的身躯几乎占满了全壁。他身上衣着金碧辉煌,头上冠冕富丽堂皇。令人吃惊的是,他嘴角上居然还留着一撮小胡子。他神态倨傲又慈悲,伸脚坐在那里。在壁画的右下角一块小小的地方画着玄奘,双手合十站在一个悬崖上,面向水月观音,好像正向他致敬。他身后是大徒弟孙悟空,手里牵着那一匹小白龙变成的马。二徒弟猪八戒和三徒弟沙僧跑到哪里去了呢? 看样子他们并没有去寻山探路,也不是去托钵求斋,他们还站在壁画外面,正在向着壁画走哩。

同求法高僧有联系的是商人。宗教按理说是出世的,和尚尼姑是不许触摸金银的。而"商人重利轻别离",他们总是想赚大钱的。他们之间是风马牛不相及的,哪里会有什么联系呢? 但是所有在中国境内的千佛洞都是开凿在丝绸之路沿线的,丝绸之路顾名思义是一条商业大道。这就有力地说明了二者间的密切关系。在印度佛教史上,从佛祖释迦牟尼开始,就同商人有亲密

《普贤图》(局部)

的往来,和尚和商人,不但相辅相成,而且相依为命。所以丝绸之路,同时也是宗教之路。中国、印度和其他国家的高僧很大一部分是走丝绸之路来往的。因此,在千佛洞里除了求法高僧外,看到商人的壁画,也是很自然的。在新疆拜城克孜尔千佛洞中,我曾在一壁佛画的中间一小块空隙中看到一个穿伊朗服装的商人,赶着几匹骆驼,上面驮着中国出产的丝,正在走路的样子。一个佛爷站在旁边,好像把自己的右手的两个指头像点蜡烛一样点了起来,发出万丈光芒,照亮了丝绸之路。这幅壁画的用意是再清楚不过的,这里用不着多说。在敦煌的千佛洞里,丝绸之路也有所表现。贩运丝绸的中外商人,赶着骆驼和马,向西方迈进。沙路茫茫,前途万里,而商人毫不气馁。有的地方画着商人在路上走路的情况。路大概是很难走,马走得乏了,再也不想前进,于是一个商人在前面用力牵,另一个商人在后面拼命地用鞭子抽打,

《波斯国商人图》

人忙马嘶的情景宛在目前,宛在耳边。还有不少地方画着商人遇劫的情况。一些绿林豪客手执明晃晃的钢刀,耀武扬威地挡在那里。商人们则卑躬屈膝,甚至跪在地上求饶,觳觫之状可掬,他们仿佛在对话,声音就响在我们耳边。可见,虽然有佛光照亮万里长途,但人间毕竟是人间,行路难之叹,唐代诗人早就发出来了,何况是漫漫数万里呢? 至于海上商路,虽然不在丝绸之路上,但是我们的艺术家也不放过。我们在几个地方都看到航海的商船。船并不大,上面画着几个人,好像就已经把船占满了;有点象征主义的味道。但是船外的海涛绝不含糊地告诉我们,这是漂洋过海的壮举。为什么在万里之外的甘肃新疆大沙漠里,中国各族人物敦煌壁画竟然画到海上贸易呢? 这一点,我还不十分清楚。也还要推敲而且研究。

总之,洞子共有四百多个,壁画共有四万多平方米,绘画的时间绵延了一千多年,内容包括了天堂、净土、人间、地狱、华夏、异域、和尚、尼姑、官僚、地主、农民、工人、商人、小贩、学者、术士、妓女、演员,男女、老幼,无所不有。在短短的几天之内,我仿佛漫游了天堂、净土,漫游了阴司、地狱,漫游了古代世界,漫游了神话世界,走遍了三千大千世界,攀登神山须弥山,见到了大梵天、因陀罗,同四大天王打过交道,同牛首马面有过会晤,跋涉过迢迢万里的丝绸之路,漂渡烟波浩渺的大海大洋,看过佛爷菩萨的慈悲相,听维摩诘的辩才无碍。我脑海里堆满色彩缤纷的众生相,错综重叠,突兀峥嵘,我一时也清理不出一个头绪来。在短短几天之内,我仿佛生活了几十年。在过去几十年中,对于我来说是非常抽象的东西,现在却变得非常具体了。这包括文学、艺术、风俗、习惯、民族、宗教、语言、历史等等领域。我从前看到过唐代大画家阎立本的帝王图,李思训的金碧山水,宋朝朱襄阳朱点山水,明朝陈老莲的人物画,大涤子的山水画,曾经大大地惊诧于这些作品技巧之完美,意境之深邃,但在敦煌壁画上,这些都似乎是司空见惯,到处可见。而且敦煌壁画还要胜它们一筹:在这里,浪漫主义的气氛是非常浓的。有的画家竟敢画一个乐队,而不画一个人,所有的乐器都系在飘带上,飘带在空中随风飘拂,乐器也就自己奏出声音,汇成一个气象万千的音乐会。这样的画在中国绘画史上,甚至在别的国家的绘画史上能够找得到吗?

不但在洞子里我们好像走进了久已逝去的古代世界,就是在洞子外面,我们倘稍不留意,就恍惚退回到历史中去。我们游览国内的许多名胜古迹时,总会在墙壁上或树干上看到有人写上的或刻上的名字和年月之类的字,什么某某人何年何月到此一游。这种不良习惯我们真正是已经司空见惯,只

《胡商遇盗图》

《中国各族人物图》

《各国王子图》

057

有摇头苦笑。但要追溯这种行为的历史恐怕是古已有之了。《西游记》上记载着如来佛显示无比的法力，让孙悟空在自己的手掌中翻筋斗，孙悟空翻了不知多少十万八千里的筋斗，最后翻到天地尽头，看到五根肉红柱子，撑着一股青气。为了取信于如来佛，他拔下一根毫毛，吹口仙气，叫"变！"，变作一管浓墨双毫笔，在那中间柱子上写一行大字云："齐天大圣，到此一游。"还顺便撒了一泡猴尿。因此，我曾想建议这一些唯恐自己的尊姓大名不被人知、不能流传的善男信女，倘若组织一个学会时，一定要尊孙悟空为一世祖。可是在敦煌，我的想法有些变了。在这里，这样的善男信女当然也不会绝迹。在墙壁上题名刻名到处可见，这些题刻都很清晰，仿佛是昨天才弄的，但一读其文，却是康熙某年，雍正某年，乾隆某年，已经是几百年以前的事了。当我第一次看到的时候，我不禁一愣：难道我又回到康熙年间去了吗？如此看来，那个国籍有点问题的孙悟空不能专"美"于前了。

我们就在这样一个仿佛远离尘世的弥漫着古代和异域气氛的沙漠中的绿洲中生活了六天。天天忙于到洞子里去观看。天天脑海里塞满了五光十色丰富多彩的印象，塞得是这样满，似乎连透气的空隙都没有。我虽局处于斗室之中，却神驰于万里之外；虽局限于眼前的时刻之内，却恍若回到千年之前。浮想联翩，幻影沓来，这是我生平思想最活跃的几天。我曾想到，当年的艺术家们在这样阴暗的洞子里画画，是要付出多么大的精力啊！我从前读过一部什么书，大概是美术史之类的书，说是有一个意大利画家，在一个大教堂内的圆顶天篷上画画，因为眼睛总要往上翻，画了几年之后，眼球总往上翻，再也落不下来了。我们敦煌的千佛洞比意大利教堂一定要黑暗得多，也要狭小得多,今天打着手电,看洞子里的壁画,特别是天篷上藻井上的画,线条纤细,着色繁复,看起来还感到困难,当年艺术家画的时候,不知道有多少困难要克服。周围是茫茫的沙碛,夏天酷暑,而冬天严寒,除了身边的一点浓绿之外,放眼百里惨黄无垠。一直到今天,饮用的水还要从几十里路外运来,当年情况更可想而知。在洞子里工作,他们大概只能躺在架在空中的木板上,仰面手执小蜡烛,一笔一笔地细描细画。前不见古人,我无法见到那些艺术家了。我不知道他们的眼睛是否也翻上去再也不能下来。我不知道是一种什么力量在支撑着他们,在那样艰苦的条件下给我们留下了这样优美的杰作,惊人的艺术瑰宝。我们真应该向这些艺术家们致敬啊!

我曾想到,当年中国境内的各个民族在这一带共同劳动,共同生活,有的赶着羊群、牛群、马群,逐水草而居,辗转于千里大漠之中;有的在沙漠中一小块有水的土地上辛勤耕耘,努力劳作。在这里,水就是生命,水就是幸福,水就是希望,水就是一切,有水斯有土,有土斯有禾,有禾斯有人。在这样的环境中,只有互相帮助,才能共同生存。在许多洞子里的壁画上,只要有人群的地方,从人们的面貌和衣着上就可以看到这些人是属于种种不同的民族的。但是他们却站在一起,共同从事什么工作。我认为,连开凿这些洞的窟主,以及画壁画的艺术家都绝不会出于一个民族。这些人今天当然都已经不在了。人们的生存是暂时的,民族之间的友爱是长久的。这一个简明朴素的真理,一部中国历史就可以提供证明。我们生活在现代,一旦到了敦煌,就又仿佛回到了古代。民族友爱是人心所向,古今之所同。看了这里的壁画,内心里真不禁涌起一股温暖幸福之感了。

我又曾想到,在这些洞子里的壁画上,我们不但可以看到中国境内各个民族的人民,而且可以看到沿丝绸之路的各国的人民,甚至离开丝绸之路很远的一些国家的人民。比如我在上面讲到如来佛涅槃以后,许多人站在那里悲悼痛苦,这些人有的是深目高鼻,有的是颧骨高而眼睛小,他们的衣着也全不同。艺术家可能是有意地表现不同的人民的。当年的新疆、甘肃一带,从蒙昧的远古起,就是世界各大民族汇合的地方。世界几大文明古国,中国、印度、希腊的文化在这里汇流了。世界几大宗教,佛教、伊斯兰教、基督教在这里汇流了。世界的许多语言,不管是属于印欧语系,还是属于其他语系,也在这里汇流了。世界上许多国家的文学、艺术、音乐,也在这里汇流了。至于商品和其他动物植物的汇流更是不在话下。所有这一切都在洞子里留下不可磨灭的痕迹。遥想当年丝绸之路全盛时代,在绵延数万里的路上,一定是行人不断,驼、马不绝。宗教信徒、外交使节、逐利商人、求知学子,各有所求,往来奔波,绝大漠,越流沙,轻万生以涉葱河,重一言而之奈苑,虽不能达到摩肩接踵的程度,但盛况可以想见。到了今天,情势改变了,大大地改变了。出现在我们眼前的是流沙漫漫,黄尘滚滚,当年的名城——瓜州、玉门、高昌、交河,早已沦为废墟,只留下一些断壁颓垣,孤立于西风残照中,给怀古的人增添无数的诗料。但是丝路虽断,他路代兴,佛光虽减,人光有加,还留下像敦煌莫高窟这样的艺术瑰宝,无数的艺术家用难以想象的辛勤劳动给我们后人留下这么多的壁画、雕塑,供我们流连探讨,使世界各国人民惊叹不已。抚今追昔,我真感到无比的幸福与骄傲,我不禁发思古之幽情,觉今是昨亦是,感光荣于既往,望继承于来者,心潮起伏,感慨万端了。

薄暮时分,带着那些印象,那些幻想,怀着那些感触,一个人走出了招待所去散步。我走在林荫道上,此时薄霭已降,暮色四垂。朱红的大柱子,牌楼顶上碧色的琉璃瓦,都在熠熠地闪着微光。远处沙碛没入一片迷茫中,少时月出于东山之上,清光洒遍了山头、树丛,一片银灰色。我周围是一片寂静。白天里在古榆的下面还零零落落地坐着一些游人,现在却空无一人。只有小溪中潺潺的流水间或把寂静打破。我的心蓦地静了下来,仿佛宇宙间只有我一个人。我的幻想又在另一个方面活跃起来。我想到洞子里的佛爷,白天在闭着眼睛睡觉,现在大概睁开了眼睛,连涅槃了的如来也会站了起来。那许多商人、官人、菩萨、壮汉,白天一动不动地站在墙壁上,任人指指点点,品头论足,现在大概也走下墙壁,在洞子里活动起来了。那许多奏乐的乐工吹奏乐器,舞蹈者、演杂技者,也都摆开了场地,表演起来。天上的飞天当然更会翩翩起舞,洞子里乐声悠扬,花雨缤纷。可惜我此时无法走进洞子,参加他们的大合唱,只有站在黑暗中望眼欲穿,倾耳聆听而已。

　　在寂静中,我又忽然想到在敦煌创业的常书鸿同志和他的爱人李承仙同志,以及其他几十位工作人员。他们在这偏僻的沙漠里,忍饥寒,斗流沙,艰苦奋斗,十几年,几十年,为祖国、为人民立下了功勋,为世界上爱好艺术的人们创造了条件。敦煌学在世界上不是已经成为一门热门学科了吗?我曾到书鸿同志家里去过几趟。那低矮的小房,既是办公室、工作室、图书室,又是卧室、厨房兼餐厅。在解放了三十年后的今天,生活条件尚且如此之不够理想,谁能想象在解放前那样黑暗的时代,这里艰难辛苦会达到何等程度呢?门前那院子里有一棵梨树。承仙同志告诉我,他们在将近四十年前初到的时候,这棵梨树才一点点粗,而今已经长成了一棵粗壮的大树,枝叶茂密,青翠如碧琉璃,枝上果实累累,硕大无比。看来正是青春妙龄,风华正茂。然而看着它长起来的人却垂垂老矣。四十年的日日夜夜在他们身上不可避免地会留下了痕迹。然而,他们却老当益壮,并不服老,仍然是日夜辛勤劳动。这样的人难道不让我们每个人都油然起敬佩之情吗?

我还看到另外一个人的影子,在合抱的老榆树下,在如茵的绿草丛中,在没有暮色的大道上,在潺潺流水的小河旁。它似乎向我招手,向我微笑,"翩若惊鸿,婉若游龙;荣曜秋菊,华茂春松"。这影子真是可爱极了。我是多么急切地想捉住它啊!然而它一转瞬就不见了。一切都只是幻影。剩下的似乎只有宇宙和我自己。

剩下我自己怎么办呢?我真是进退两难,左右拮据。在敦煌,在千佛洞,我就是看一千遍一万遍也不会餍足的。有那样桃源仙境似的风光,有那样奇妙的壁画,有那样可敬的人,又有这样可爱的影子。从我内心深处真想长期留在这里,永远留在这里。真好像在茫茫的人世间奔波了六十多年才最后找到了一个归宿。然而这样做能行得通吗?事实上却是办不到的。我必须离开这里。在人生中,我的旅途远远不到结束的时候,我还不能停留在一个地方。在我前面,可能还有深林、大泽、崇山、幽谷,有阳关大道,有独木小桥。我必须走上前去,穿越这一切。现在就让我把自己的身躯带走,把心留在敦煌吧。

1979年10月9日初稿,

1980年3月3日定稿

登黄山记

1979年8月1日—15日，季羡林得以用充裕的时间畅游了黄山，并写了这篇比较少有的相对较纯的写景之作。本文洋洋万余字，既大气磅礴，又细致入微，既真情表白，又酣畅淋漓。文中通过描绘这座华夏名山的奇松、怪石、云海、日出，表达了仁者乐山、智者乐水的胸怀和情愫，读来犹如徐徐展开的一幅浓墨重彩的山水卷轴，令读者应接不暇，赏心悦目。

早就听人说过："五岳归来不看山,黄山归来不看岳。"又经常遇到去过黄山的人讲述那里的奇景,还看到画家画的黄山,摄影家摄的黄山,黄山在我的心中就占了一个地位。我也曾根据那些绘画和摄影,再掺上点传闻,给自己描绘了一幅黄山图,挂在我的心头。我带着这样一幅黄山图曾周游国内,颇看了一些名山大川。五岳之尊的泰山,我曾凌绝顶、观日出。在国外,我也颇游览了一些国家,徜徉于日内瓦的莱蒙湖畔,攀登了雪线以上的阿尔卑斯山,尽管下面烈日炎炎,顶上却永远积雪皑皑。所有这一切都是永世难忘的。但是我心中的那一幅黄山图,尽管随着游览的深广而多少有所修正,但毕竟还是非常美的,非常迷人的。

　　今天我就带着我心中的那一幅黄山图,到真正的黄山来了。

　　汽车从泾县驶出,直奔黄山。一路上,汽车蜿蜒绕行于万山丛中,我的幻想也跟着蜿蜒起来。眼前是千山万岭,绵延不绝;但是山峰的形象从远处看上去都差不多。远处出现了一个耸入晴空的高峰，"那就是黄山了吧！"我心里想。但是一转眼，另一个更高的山峰呈现在我的眼前，我只好打消了刚才的想法。如此周而复始，不知循环了多少遍。还有一个问题一直萦回在我的脑际：在这千山万岭中，是谁首先发现黄山这一个天造地设的人间仙境呢？是否还有另一个更美的什么山没有被发现呢？我的幻想一下子又扯到徐霞客身上。今天我们乘坐汽车来到这里，还感到有些疲惫不堪。当年徐霞客是怎样来的呢？他只能自己背着行李，至多雇上一个农民替他背着，自己手执藤杖，风餐露宿，踽踽独行于崇山峻岭中，夜里靠松明引路，在虎狼的嗥叫声中，慢慢地爬上去。对比起来，我们今天确实是幸福多了。

就这样，汽车一边飞快地行驶，我一边在飞快地幻想。我心里思潮腾涌，绵绵不断，就像那车窗外的绵延的万山一样。

汽车终于来到了黄山大门外。

一走进黄山大门，天都峰就像一团无限巨大的黑色云层，黑乎乎地像泰山压顶一般对着我的头顶压了下来，好像就要倒在我的头上。我一愣：这哪里是我心中的那个黄山呢？然而这毕竟是真实的黄山。我几十年蕴藏在心中的那一幅黄山图一下子烟消云散了。我心中怅然若有所失；但是我并不惋惜。应该消逝的让它消逝吧！我现在已经来到了真实的黄山。

从此以后，真实的黄山就像古代的画卷一样，一幅一幅地、慢慢地展现在我的眼前。

出宾馆右行，经疗养院右转进山。山势一下子就陡了起来。我曾经听别人说过,从什么地方到什么地方是多少多少华里。在导游书上,我也看到了这样的记载。我原以为几华里几华里都是在平面上的,因此我对黄山就有了一些不正确的理解。现在,接触了实际,才知道这基本上是按立体计算的。在这里走上一华里,同平地上不大一样,费的劲儿要大得多。就是向上走上一尺,也要费上一点力气。没有别的办法,只好喘气流汗了。我低头看着脚下的台阶,右手使劲儿地拄着竹杖,一步一步地向上爬行。我眼睛里看到的只是台阶,台阶,台阶。有时候,我心里还数着台阶的数目。爬呀,数呀,数呀,爬呀,以为已经很高了;但是抬眼一看,更高、更陡、更多的台阶还在前面哩。想当年登泰山的时候,那里还有一个"快活三里"。这里却连一个快活三步都没有。但是,既来之,则安之,爬就是一切。

　　我到黄山来,当然并不是专为来走路的。我还是要看一看的。但是,在黄山,想看也并不容易。有经验的人说:"走路不看山,看山不走路。"这确实是至理名言。这有点像鱼与熊掌的关系,不可得而兼之。谁要想"兼之",那就有失足坠下万丈深涧的危险。我只在爬到了一定的阶段时,才停下脚步,小心地抬头向身后和左右看上一看,但见峭壁千仞,高岭入云,幽篁参天,苍松夹道,鸟鸣相和,蝉声四起。而且每看一次,眼前的情景都不一样,扑朔迷离,变幻万端。就连同一个地方,从不同的角度去看,都能看出不同的形象。从慈光阁看朱砂峰,看到天都峰上的金鸡叫天门。但是登上龙蟠坡,再抬头一看,金鸡叫天门就变成了五老上天都。在什么地方才能看到黄山真面目呢?我想,在什么地方也是看不到的。我很想改一改苏东坡的诗:"横看成岭侧成峰,远近高低各不同。不识黄山真面目,即使身在此山中。"

　　我有时候也有新的发现,我简直觉得其中闪现着"天才的火花",解人难得,我只有自己拍手(这里没有案)叫绝。比如,我看远山上的竹石树木,最初只觉得一片蓊郁。但细看却又有明暗之别,有的浓绿,有的淡绿。经过我再三研究揣摩,我才发现,明的是竹,暗的是松,所谓"苍松翠竹",大概指的就是这个意思吧。我又想改陆游的两句诗:"山重水复疑无路,松暗竹明又一山。"

　　一想到陆游,我又想到了徐霞客。我们且看看他登上慈光寺以后是怎样看黄山的:

　　　　由此而入,绝巘危崖,尽皆怪松悬结;高者不盈丈,低仅数寸,平顶短鬣,盘根虬干,愈短愈老,愈小愈奇。不意奇山中又有此奇品也。

　　他看到了奇山,又看到了奇松。他看到的山同我们今天看到的几乎完全一样,这毫无可怪之处。但是他看到的松,有多少是我们今天还能看到的呢?"愈短愈老,愈小愈奇",难道在这几百年的漫长时间内,它们就一点也没有长吗?就是起徐霞客于地下,我这样的问题恐怕也无法回答了。

　　我就是这样一边爬,一边看,一边改着古人的诗,一边想到徐霞客,手、脚、眼、耳、心,无不在紧张地活动着,好不容易才爬到了天都峰脚下。这是一个关键的地方。向右一拐,走不多远,就可以登上台阶,向着天都峰爬上去。天都峰是黄山的主峰。不到天都非好汉，何况那天险鲫鱼背我已经久仰大名，现在站在天都峰下，一抬头就可以看到，上面有蚂蚁似的人影在晃动，真是有说不出的诱惑力啊！但是一看到那一条直上直下的登山盘道，像一根白而粗的线绳一样悬在那里，要爬上去，还真需要有一把子力气呢。我知道，倘若给我半天的时间，登上去也是没问题的。可惜现在早已经过了中午，到我们今天住宿的地方玉屏楼还有一段路要走。我再三斟酌，只好丢掉登天都峰的念头，这好汉看来当不成了。我一步三回头地向左一拐，拾级而上，一直爬到了一线天的门口。这时我们坐了下来，背对一线天口，脸朝前望，可以看到近在咫尺的蓬莱三岛。所谓蓬莱三岛只是三个石笋似的小山峰，上面长着几棵松树，下面是一片深不见底的山谷。据说，白云弥漫时，衬着下面的云海，它们确确实实像蓬莱三岛。但现在却是赤日当空，万里无云，我只能用想象力来弥补天公的不作美了。

一线天真正是名副其实。在两个峭壁中，只有一条缝隙，仅容人体，抬眼一看，只见高处露出一线光明，上面是蓝蓝的天，这一团光明就召唤着我们奋勇前进。我们也就真的一个个精神抖擞，鼓足了余勇，爬了上去。低头从我们两条腿中间向后看去，还可以看到悬挂在天都峰上的那一条白练似的蹬道。

过了一线天，再向右一拐就走上了玉屏楼，这里是从温泉到北海去的必经之路。一般人都是在这里过夜的。徐霞客时代，这里叫玉屏风。他在《游记》里写道："四顾奇峰错列，众壑纵横，真黄山绝胜处。"可见徐霞客对此处评价之高。原来这里有一座庙，叫作文殊院。古人曾说过："不到文殊院,没见黄山面。"这同徐霞客的意见是一致的。

这里有什么特点呢?这里是万山丛中一块比较平坦的地方,好像天造地设,就是一个理想的中途休息的地方。一转过山角,就能看到峭壁上长着一棵松树。提起此松,真是大大地有名。全中国人民和全世界人民大概都经常能看到它的形象。挂在人民大会堂里的那一幅叫作"迎客松"的照片,就是它。这棵松树的大名就叫作"迎客松"。许多来访的外国领导人,以及名人、学者会见中国领导人时,就在那个照片下面照相。你看它伸出双臂,其实是不知道多少臂,仿佛想同来游的人握手、拥抱,它那青翠的枝头仿佛能说出欢迎的语言,它仿佛就是黄山好客的象征,不,它实际上成了中国人民好客的象征。你若问它的高寿,那就很难说。它干并不粗,也不特别高,看样子至多也不过几十年至百年,然而据人说,它挺立在这里已经有一千多年的历史了,这里山高风劲,夏有酷暑,冬有寒冰,然而它却至今巍然屹立,俊秀挺拔,苍翠欲滴,枝头笼烟,仿佛正当妙龄青春。我在这里祝它长寿!

至于玉屏楼本身,可看的东西并不多。只是因为此地处万山之中,抬眼四顾,前有大谷深壑,下临无地,上面有参天云峰,耸然并立。同前一段的地无三尺平的情况比较起来,当然显得空阔辽廓,快人心目。当白云弥漫时,云海苍茫,必然另有一番景色。可惜我们没有这个福气,只看到了一片干涸了的大海。在玉屏楼的右边,就是那一棵在名声上稍逊一筹的送客松。它也像迎客松一样,伸出了它那许多胳臂,好像向游客告别,祝他们身强体健,过一些时候再来黄山。我也祝它长寿!

我们就是在住宿一夜之后，怀着还要再回来的心情走过这一棵松树向黄山深处前进的。一走过送客松，山路就好像一反昨天上山时的规律，陡然下降，下降，下降，再下降，一直降到涧底。这一段路走起来非常舒服，似乎还要超过泰山的"快活三里"。我们虽低头走路，仍可以抬头望山。走过望客松、蒲团松，右边可以看到指路石，回头则见牛鼻峰上的犀牛望月。下到深涧涧底以后，一泓清泉，就在道旁，清澈见底，泠冽可饮。拿做文章来比，我们走这一段山路，好像是在做"承"的那一段，"起"得突兀，"承"得和缓，我们过了一段舒服的时光。

但是，再拿做文章来比，"承"过以后，就来了"转"，这一"转"，可真不得了。到了涧底，抬眼一看，前面是八百级的莲花沟。这八百级仿佛是直上直下，令人看了真有点发怵。实际上，往上攀登的时候，比在下面仰望时更令人感到可怕。我们面前好像只有这一条窄窄的石阶，只能向上，不能回转，"马行在夹道内，难以回马"，不管流多少汗，喘多少气，到此也只有奋勇攀登，再没有回旋的余地了。

皇天不负有心人。爬上了八百石阶，一转就到了莲花峰脚下。这一座莲花峰也是黄山主峰之一。从它的脚下上山好像比从天都峰脚下攀登天都峰要容易得多，只需往右一转，爬上几个台阶就可以达到峰顶。然而，正因为容易，也就失掉了吸引力。同时，我们今天的目标是到北海。我于是只在莲花峰下稍坐片刻，抬头看到不远的峰顶上游人多如过江之鲫，然后左转走上前去。要说到黄山的险境，仿佛现在才算是开始。身右峭壁凌空，左边却是悬崖无地。山路是整修过的，在最危险的地方加了石头栏杆或铁链。但栏外就是危险境地,好像泰山上的阴阳界一样。走在这样的地方,连昨天奉行的"看山不走路,走路不看山"的箴言都无法奉行,无已,只有一心一意埋头苦走而已。这里就是鼎鼎大名的万丈云梯,真可以说是名不虚传。但是,大自然最憎恨的是单调,它决不会让百步云梯成为千步云梯,万步云梯。过了百步云梯,又是一段比较平直的山路。此时我仿佛已经过了险关,大有闲情逸致,观赏山景之感。蓦抬头,在远处的山崖上,忽然看到"万绿丛中一点红"。此时正是盛夏,早过了春暖花开的时节。这一点红是哪里来的呢?我无法攀上悬崖去看,无从探索与研究。我只有沉入幻想中,幻想暮春四五月间,黄山漫山遍野开满了杜鹃花的情况。我眼前的黄山一下子变了样,"日出山花红似火",红色的火焰仿佛燃遍了全山,直凌太空,形成了一幅红透宇宙的奇景。

就这样,一路幻想下去。平路走尽,又上山路,穿过鳌鱼洞,就到了北海。这一段路更平了,仿佛已经离开黄山,到了平地上。一路树木荟郁,翠竹夹道,两旁蝉声啼不住,轻身已到北海边。

北海真是个好地方。人们已经看过了天都峰和莲花峰,奇景险境,久已身履,大概总会觉得黄山胜境已经探过,到了北海已经成为尾声了。

然而实则不然。

我先讲一个口头传说。距北海不远有一个山峰,叫作始信峰。什么叫始信峰呢?这里熟于掌故的人说,就是"开始相信",意思就是,到了这里才开始相信黄山之美。不管这个解释是否正确,是否就是原意,我确确实实是相信的。我到了北海以后,才知道,北海绝不是黄山之游的尾声,而是高峰,是顶端。上文曾引过一句古语:"不到文殊院,没见黄山面。"我想改一改:"走不到北海,黄山没有来。"再拿写文章作比,如果过了玉屏楼算是"转",那么,到了北海就算是"合"。一篇精巧的文章写到这里,才算是达到精妙的顶点。黄山乃山中之奇山,北海是众奇并备,万巧同臻。游黄山到此,真可以说是叹为观止矣。

然而究竟"合"出一些什么东西来呢?

三言两语是说不完的。以北海为中心,三五华里的半径内,景色万千,名目繁多。大则崇山峻岭,小至一石一树,无不奇绝人寰。从宾馆右转,走不多远,在深山绝谷的边缘上出现了散花精舍,前面不远就是梦笔生花、笔架峰、骆驼石、上升峰和老翁钓鱼,再往前走就是始信峰。登上始信峰顶,下临无地,隔着深涧远处可见仙女峰、石笋矼,石笋壁立千仞,真仿佛天上有一个顶天立地的金刚巨无霸从上面把石笋栽在那里,成为宇宙奇观。我们只是从远处看石笋矼的,徐霞客是亲身到过。他在《游记》里写道:"趋石笋矼,至向年所登尖峰上,倚松而坐,瞰坞中峰石回攒,藻绘满眼,如觉匡庐、石门,或具一体,或缺一面,不若此之闳博富丽也。"

"闳博富丽"当然还不仅限于石笋矼。北海附近这一些名胜,无不"闳博富丽""藻绘满眼"。比如清凉台、曙光亭,都各有奇妙之处。出宾馆左折西行,可以到西海。沿路青松参天,翠竹匝地,有很多有名的奇景。走到尽头,同别的地方一样,眼前又是峭壁千仞,深涧万寻。从这里的排云亭上,可以看到丹霞峰、松林峰、石床峰,各个刺入青天,令人神往。据说这地方是看落照的好地方,可惜我们来的时候,不是黄昏,我们只有怅望西天,幻

云海

奇松

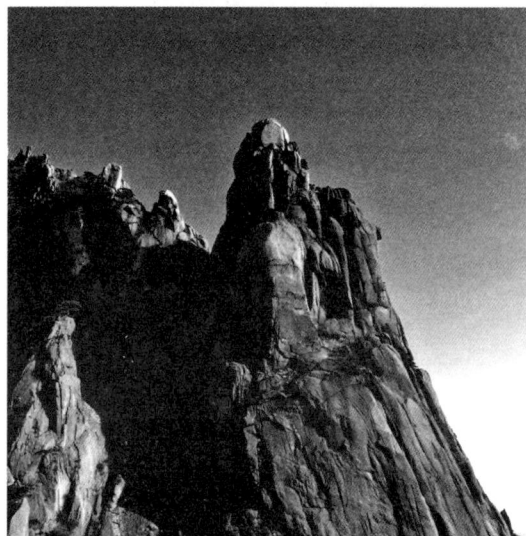

怪石

想一番日落西山、红霞满天的情景而已。

是不是北海就只"合"出了这样一些东西来呢?

也还不是的。黄山有所谓四大奇景:奇松、怪石、云海、温泉。温泉一进山就可以看到,上面已经说过,这里不再提了。其他三奇,除了云海以外,一进山也都陆续可以看到。从慈光阁开始,只要你注意,奇松、怪石,到处可见。简直是让你一步一吃惊,一步一感叹。到了北海算是达到了顶峰,所谓集大成者就是。

那么,人们也许要问,奇松奇在什么地方呢?这个问题问得好,我初次听说奇松时,心里也泛起过这个问题。我游遍了黄山,到了北海,要想答复这个问题,也还感到非常困难,简直可以说是回答不出。我常常想,世间一切松树无不是奇的。奇就奇在它同其他一切树都不一样。其他树木的枝干一般都是往上长的,但是松树的枝干却偏平行着长或者甚至往下长。其他树木从远处看上去都能给人一个轮廓,虽然茂密,但却杂乱;然而松树给人的轮廓却是挺拔、秀丽,如飞龙,如翔凤,秩序井然,线条分明。松柏是常常并称的。如果它们站在一起,人们从远处看,立刻就能够分清哪是松,哪是柏。总之一句话,我们脑中一切关于树的规律,松树无不违反。此之所谓奇也。

但是,黄山上的松树比其他地方更奇,是奇中之奇。你只要看一看黄山上有名字的名松,你就可以知道:蒲团松、连理松、扇子松、黑虎松、团结松、迎客松、送客松、飞虎松、双龙松、龙爪松、接引松,此外还不知道有多少松。连那些不知名的大松、小松、古松、新松、长在悬崖上的松、长在峭壁上的松、长在任何人都不能想象的地方的松,千姿百态,石破天惊,更是违反了一切树木生长的规律。别的地方的松树长上一千多年,恐怕早已老态龙钟了;在这里却偏偏俊秀如少女,枝干也并不很粗。在别的地方,松树只能生长在土中;在这里却偏偏生长在光溜溜的石头上。在别的地方,松树的根总是要埋在土里的;在这里却偏偏就把大根、小根、粗根、细根,一股脑儿地、毫不隐瞒地、赤裸裸地摆在石头上,让你看了以后,心里不禁替它担起忧来。黄山松奇就奇在这里。看松而看到黄山松,真可以说是达到顶峰了。

谈到怪石,也真是够怪的。那么这些石头怪又怪在何处呢? 在别的名山胜地中,也有一些有名有姓的山峰,也有一些有名有姓的石头。但是在黄山,这种山峰和石头却多得出奇:虎头岩、郑公钓鱼台、莺谷石、碰头石、鲫鱼背、羊子过江、仙人飘海、仙桃石、蓬莱三岛、鹦哥石、飞鱼石、采莲船、孔雀戏莲花、象石、金龟望月、仙鼠跳天都、仙人下轿、仙人把洞门、姜太公钓鱼、犀牛望月、指路石、金龟探海、老僧入定、老僧观海、仙人绣花、鳌鱼吃螺蛳、容成朝轩辕、鳌背驮金鱼、仙人下棋、仙人背包、飞来钟、老翁钓鱼、梦笔生花、猪八戒吃西瓜、书箱峰、达摩面壁、仙人晒靴、老虎驮羊、天鹅孵蛋、关公挡曹、仙人铺路、太白醉酒、五老荡船、天狗望月、双猫捕鼠、苏武牧羊、老僧采药、仙人指路、喜鹊登梅、猴子捧桃等等。名目确实够繁多的了。名目之所以这样繁多,决定因素就是因为这里石头长得怪。如果不怪的话,就绝不会有这样多的名目。你以为这些五花八门的名目已经把黄山的怪石都数尽了吗?不,还差得很远。如果你有时间,静坐在黄山的某一个地方,面对眼前的奇峰怪石,让自己的幻想展翅翱翔,你还可以想出一大批新鲜动人的名目。比如我们几个人在西海排云亭附近面对深涧对面的山,我看出了一座"国际饭店"。这个名字一提出,你就越看越像,像得不能再像了,我们都为这个天才的发现而狂欢。假我以时日,我们可以巧立名目,为黄山创立大批新鲜别致,不但神似而且形似的名目,再为黄山增添光彩。

在怪石中最怪的,当然要数飞来石。顾名思义,人们认为这块大石头是从天外飞来的。我们从玉屏楼到北海的路上,快到北海的时候,已经从远处看到了它。它是在一座小山峰的顶上,孑然耸立在那里。上粗下细,同山峰接触的地方只是一个点,在山风中好像是摇摇欲坠,让人不禁替它捏一把汗。后来我们从北海到西海,在回去的路上,爬了上去,一直爬到峰顶上,同黄山别的山头一样,小小的一个峰顶,下临万丈深涧。看到飞来石,我们都大吃一惊:原来同峰顶连接的地方有一条缝。这样一块巨石,上粗下细,又不固定在峰顶上,怎能巍然屹立在那里,而且还不知已经屹立了多少年呢?在这漫长的时间内,谁知道它已经经历了多少狂风暴雨、山崩地震呢?而它到今天仍然是岿然不动,简直违反了物理的定律。我们没有别的话可说,只能说它是奇中之奇了。

至于黄山的云海,更是我闻所未闻,见所未见。一座大山竟然有北海、西海、天海、前海、后海这样许多海,初听时难道不真是让人不解吗?原来这些海都是云海。我从小读王维的诗:"行到水穷处,坐看云起时。"觉得这个境界真是奇妙,心向往之久矣。可是活了六十多岁,也从来没能看到云起究竟是什么样子。一天，我们正在北海的一个山头上，猛回头，看到隔山的深涧忽然冒起白色的浓烟。我直觉地认为这是炊烟。但是继而一想，炊烟哪能有这样的势头呢？我才恍然：这就是云起。升起来的云彩初时还成丝成缕，慢慢地转成一片一团，颜色由淡白转浓，最初群山的影子还隐约可见，转瞬就成了一片云海，所有的山影都被遮住，云气翻滚，宛若海涛。然而又一转瞬，被隐藏起来的山峰的影子又逐渐清晰，终于又由浓转淡，直到山峰露出了真面目，云气全消，依然青山滴翠，红日皓皓。所有这一切都发生在几分钟之内。这算不算是云海呢？旁边的人说："还不能算是真正的云海，那要大雨之后。"我只好相信他的话。但是，"慰情聊胜无"，不是比没有看到这种近似云海的景象要好得多吗？

除了上面谈的四大奇景之外，我还有一点意外的收获，那就是我在黄山看了日出。日出并没有列入黄山四奇之内，但仍然可以说是一奇。北海的曙光亭，顾名思义，就是看日出的最好的地方。几十年前，当我还年轻的时候，我曾登泰山看日出，在薄暗中，鹄候在玉皇顶上，结果除了看到一团红红的云彩之外，什么也没有看到。我只有暗自背诵姚鼐的《登泰山记》聊以自慰：

及既上，苍山负雪，明烛天南。望晚日照城郭，汶水、徂徕如画，而半山居雾若带然。戊申晦，五鼓，与子颖坐日观亭待日出。时大风扬积雪击面。亭东自足下皆云漫。稍见云中白若樗蒲数十立者，山也。极天云一线异色，须臾成五采。日上，正赤如丹，下有红光，动摇承之。或曰：此东海也。

这一次来到黄山北海，早晨天还没有亮，就有人跑着、吵着去看日出。我一骨碌爬起来，在凌晨的薄暗中摸索着爬上曙光亭，那里已经是黑压压的一团人。我挤在后面，同大家一样向着东方翘首仰望。天是晴的，但在东方的日出处，却有一线烟云，最初只显得比别处稍亮一点而已。须臾，彩云渐红，朝日露出了月牙似的一点；一转眼间，它就涌了出来，顶端是深紫色，中间一段深红，下端一大段深黄。然而立刻就霞光万道，白云为霞光所照，成了金色，宛如万朵金莲飘悬空中。

就这样，黄山的三奇——奇松、怪石、云海，还加上一个奇：日出。我在黄山，特别是在北海，都领略过了。再拿做文章来打个比方，起、承、转、合，这几大股都已做完，文章应该结束了。

然而不然，从我的感情和印象说起来，"合"还没有完，文章也就不能结束。从我的激情来看，这仿佛刚达到高潮，文章更不能就此结束了。我们原来并不想在北海住这样久，但是越住越想住，越住越不想走。三天之内，我们天天出去，天天有新的发现，大有流连忘返之意。我们最后怀着惜别的心情，离开北海的时候，我的内心如潮涌，如云起，一步三回头。我们绕过黑虎松走上后山的道路，向着云谷寺的方向走去。一路之上，流水潺潺，山风习习，蝉声相送，鸟鸣应合，苍松翠竹，映带左右。我们又像走到山阴道上，应接不暇了。但是我们走到幽篁中，闻鸟声却不见鸟，我们笑着开玩笑说，这是留客鸟，它们也惋惜我们即将离去，大有依依不舍之意呢。

此时周围清幽阒静，好像宇宙间只有我们几个人似的。但是我的内心里却又像来黄山的路上那样如波涛汹涌,遐想联翩,我想到过去游览过国内外的名山大川。我一时想到泰山,一时又想到石林。这都是天下奇秀,有口皆碑。但是我觉得,同黄山比起来,泰山有其雄伟,而无其秀丽;石林有其幽峭,而无其雄健。黄山是大则气势磅礴,神笼宇宙;小则剔透玲珑,耐人寻味。如果拿美学名词来比附的话,我们就可以说,黄山既有阳刚之美,又有阴柔之美。可谓刚柔兼,二难并,求诸天下名山,可谓超超玄著了。

我一下子又想到中国的山水画。远山一般都只用淡墨渲染,近山则用各种的皴法。对远山的那种处理,只要在有山的地方,看到过远山的人,都会同意的,都会知道,那实际上是把自然景物,再加上点画家个人的幻想与创造,搬到了纸上来的。这不同于自然主义。这是形似而又神似。但是对近山的那些不同的皴法,则生长在北方高山不多地方的人,有时就不大容易理解,认为这不过是画家的传统手法,没有多大意思的。特别是对大涤子这样的画家,更不容易理解。今天我到了黄山,据说大涤子在这里住过,积年疑团,顿时冰释。我站在任何一个悬崖峭壁的下面,抬头仰望,注意凝视,观之既久,俨然是一幅大涤子的山水画出现在自己的眼前,我也俨然成了画中人了。但见这一幅画,笔墨恣纵,元气淋漓,皴法新颖,巨细无遗。倘若我们请天上匠作大神,来到人间,盖上一座万丈高的大厦,把这一幅大画挂在里面,不知会产生什么效果,恐怕观赏的人都会目瞪口呆、惊愕万状吧!此时,只在此时,我才真正理解中国古代山水画家,其中也包括像大涤子这样有天才、有独创性,能独辟蹊径,开一代风气的画家,都是在仔细观察自然山色,简练揣摩,融会贯通之后,然后才下笔的。他们绝不是专门抄袭古人,拾古人牙慧的。

我一下子又想到，天下名山多矣，中外皆然。但是像黄山这样的名山，却真如凤毛麟角。为什么中国竟会有黄山这样的山呢？这个问题似乎非常幼稚，实际上却是发自我内心深处的一个问题。我并不觉得它有什么幼稚、可笑。古人会说，这是灵气所钟。什么又是灵气呢？灵气这东西摸不着，看不到，实在是玄妙得很。但是依我看，它又确实是存在着的。我们一到黄山，第一天晚上，坐在宾馆外深涧岸边，细听涧中水声，无意中捉到了一个萤火虫，发现它比别的地方的都大而肥壮。后来我们又发现这里的知了也比别的地方的大而肥壮，就连苍蝇也和别的地方的不同，大得、壮得惊人，而在海拔近两千尺的天都峰顶，天风猎猎，人站在那里都摇摇欲坠，然而却能见到苍蝇，而且都有点气魄，飞驰迅速，呼啸而过。这实在使我吃惊不小。不用灵气所钟，又怎样解释呢？世界各国都有它们灵气所钟的地方，对于这些地方，只要我能走到、看到，我都喜爱、欣赏，一视同仁，绝不会有任何偏心。但是，有黄山这样灵气所钟的地方，我作为一个中国人感到无比骄傲与幸福。我因此更热爱我们这一块土地，我更热爱我们这一个国家。我们也并不想把黄山秘而不宣，独自享受。"但愿人长久，千里共婵娟。"我也但愿世界永存，黄山永在，永远以它那无比美妙的山色，为我们提供无比美妙的怡悦。

　　我一下子又想到，古人说，人生要读万卷书，行万里路。又说太史公司马迁周览名山大川，故其文疏宕有奇气。还有人说，唐代大书法家张旭观公孙大娘舞剑器，因而书法大进。我现在游览了黄山，将来会产生什么样的影响呢？我一非文豪，二非书法家，这影响究竟要产生在什么地方呢？不管怎样，影响终归会有的，我且拭目以待。

我就是这样一边走,一边想,一边还欣赏四周奇丽景色,不知不觉地就回到了温泉。等到我从北海返回温泉的时候,我仿佛成了一个爱丽丝,我漫游了一个奇而又奇的奇境。过去一周的游踪,历历呈现在我心中。我的黄山梦于今实现了。但我并不满足于实现了梦境,而是梦得更加厉害起来。我仿佛还并没有到过真正的黄山,不,黄山对我来说,比原来还要陌生,还要奇妙,我直觉地感到,真正的黄山我还没有看到。我从北海归来,只看了黄山的皮毛。黄山的名胜真如五光十色,扑朔迷离,在那"万壑树参天,千山响杜鹃"中似乎还隐藏着什么秘密,有待于我,有待于其他人去发现,去欣赏,去惊叹。古时候有一首关于黄山的诗:

　　　　踏遍峨嵋与九嶷,

　　　　无兹殊胜幻迷离。

　　　　任他五岳归来客,

　　　　一见天都也叫奇。

　　我还没有历游五岳,也还没有到过峨嵋与九嶷。我对黄山、对天都叫奇,完全是很自然的。我相信,即使我有朝一日真的遍游五岳,登峨嵋,探九嶷,我再到黄山来,仍然会叫奇不绝的。

　　我来的时候,心里带来了一个假的黄山图,它一遇到真黄山就破碎消失了。我现在离开的时候,带走了一幅真正的黄山图,虽然我还不能相信,这一幅图就是黄山的真相。但是这幅黄山图将永远留在我的心中。经过了一段时

黄山风景

间酝酿思忖,我现在写出了我心目中的黄山。但写的过程中,我时时怀疑我这一支拙笔会玷污了黄山。古人诗说:"美人意态画不出,当时枉杀毛延寿。"我现在真觉得,"黄山意态写不出,枉费不眠数夜间"。《世说新语·任诞》第三十三说:

    桓子野每闻清歌,辄唤:"奈何!"谢公闻之曰:"子野可谓一往有深
    情。"

这里指的是,桓子野每闻清歌,辄情动乎中。我现在面对着黄山,心中有一美妙的黄山,笔下的黄山却并不那么美妙,我也只能学一学桓子野,徒唤奈何。

1979年12月9日写毕

黄山雾凇

春城忆广田

情与景之交融，人与物之一体，这是季羡林散文创作的一个特色。如果说李广田把自己宝贵的时光融进春城昆明的历史岁月中，从而创造出生命史上的一个奇迹，那么季羡林在这篇回忆自己挚友的文章中，恰好也把一缕缕情思缠绕在李广田与之融为一体的春城昆明上。

　　春城昆明，对于季羡林来说并不陌生，他已经来过五六次了。对于这里的景和物，季羡林很熟悉，他完全有能力做惟妙惟肖的描绘。然而季羡林在这里不但看到了"风光之美"，而且还看到了"人情之美"。

昆明素有春城之称。这个称号真正是名副其实的。哪一个从外地来到这里的人，一下飞机，一下火车，不立刻就感到这里是春意盎然、春光无限呢？我们读旧小说，常常遇到"四时不谢之花，八节长春之草"之类的句子。我从前总以为，这是小说家言，不足信的，这只是用来描绘他们心目中的阆苑仙境的。然而，到了昆明以后，才知道，这并非幻想，而是事实。如果人世间真有阆苑仙境的话，那么昆明就是一个。

我对昆明并不陌生，我来到这里已经有五六次之多了。二十多年前，当我第一次到昆明的时候，我立刻就惊诧于这座城市风光之美丽，民风之淳朴。但是，我当时觉得，这里的街道还是比较狭窄的，铺的全是石头；街旁的建筑物也比较古老，都是用木头建成的。我脑海里立刻浮现出"边城"两个字，虽然我对于什么叫"边城"，也并不是十分清楚的。

但是，这里的自然风光之美毕竟是非常可爱的。谈到这里的自然风光，

昆明风光

那真可以说是有口皆碑。五百里滇池当然是名闻天下的。即如西山的巍峨，龙门的险峻，圆通山的花潮，曹溪寺的元梅，黑龙潭的清幽，华亭寺的堂皇，筇竹寺的五百罗汉和孔雀杉，金殿的铜瓦铜柱的大殿，大观楼的长联，省图书馆的收藏，所有这一切都给人留下深刻的印象，屡见于古往今来文人骚客的文章中，蔚为天下奇观。再谈到昆明以及云南各处的茶花，那真可以说是天下无二。我们平常见到的花，雄奇的很多，秀丽的也不少。但兼有二者之长的，却绝无仅有。"国色朝酣酒，天香夜染衣"，秀丽固秀丽矣，但雄奇则有所不足。高树顶上的槐花，雄奇固雄奇矣，秀丽则大为欠缺。兼有二者的，在印度我见到的有木棉花，在中国则是茶花。试想在高大的树上开着碗口大的五颜六色的花朵，秀色夺人眼目，姿态快人胸怀，绚丽多彩，宛如天空中一朵朵云霞，我们这些生长在北国的只见过雄奇而不秀丽，或只秀丽而不雄奇的花朵的人，看到这一些，难道能不为之惊叹不止吗？

倘若我们再登上龙门远眺，我们那惊叹不止的程度绝不会下于看到茶花。这里真称得上是天下奇景。试闭目想一想，在壁立千仞的悬岩峭壁上，硬是用人力一斧一凿，凿出了一条曲径、几座庙宇、许许多多的对联、无数尊的神像，难道不感到简直有点不可思议吗？这些对联绝不是空话俗套，而是描写了眼前的景色，抒发了人们登临的感受。"一径起细雨，千林散绿阴"，情景宛在眼前。"仰笑宛离天尺五，凭临恰在水中央"，把山高水长的景色描绘得具体生动。这只能用到龙门，绝不能移用到别处。所谓"水中央"当然指的是滇池。我们站在龙门最高处，俯瞰滇池，下临无地，五百里滇池尽收眼底。风帆点点，烟水茫茫，稻田青青，堤岸长长。古人诗云："气蒸云梦泽，波撼岳阳城。"我们站在这里,大有"波撼昆明城"之感。甚至在水天渺茫中,我们仿佛还感到我们所在的龙门,都在随着水波的滚翻而轻轻地震摇。这就不仅是"波撼昆明城",而是"波撼龙门巅"了。这还只是眼前的景色。这里还有许多优美的神话传说。比如对孝牛泉的传说等等。最优美的还是关于龙门最高处那一个奎星像的传说。这一座奎星像也同其他庙宇神像一样是完全用石头雕成的。据说一个石匠用了毕生精力,雕凿这一座神像。雕到最后,只剩下奎星手中拿着的那一支笔了。也许是因为耗尽了精力,他竟然失手把笔凿断。他一时怒恨交加,纵身投下悬崖,以身殉艺。不管这传说是真是假,不是对我们都很有启发吗?

这样的自然风光固然非常迷人,这里的淳朴的民风迷人的程度绝不下于自然风光。外地到过昆明的人都会异口同声表示同感。我常常跟朋友开玩笑说,我不但迷信相面,而且还迷信相声(不是那个曲艺的相声)。我相信,从一个人的方言的声调中可以听出他的性格来。昆明的方言的声调透露出什么样的性格来呢?透露的是:淳朴、正直、热情、忠厚。当我第一次到昆明来的时候,从本地人说话的声调中,我就得了这样一个印象。以后我多次到过昆明,同本地人接触越来越多,就充分证实了我的印象。许多大大小小的事情,越来越证明我的看法颇有一些道理。前几天我在宾馆里同一位老同志开玩笑,说到我的迷信。他经过仔细的品味和考虑,竟然同意了我的看法。这就使我颇有点沾沾自喜了。真的,到过昆明的人,同本地人一接触,谁会不为他们那种诚悫淳朴的言谈举动所感动呢?谁会不感到来到这座春城都像处在盎然的春意中而怡然自得呢? 在这样的情况下,我也就越来越喜欢昆明,越来越爱昆明人了。

昆明风光之美丽,民风之淳朴,确实都是值得赞美的,值得怀念的。但是,昆明也像全国各地一样,曾经经受过一番剧烈的凄风苦雨。在风雨交加中,我是泥菩萨过江,自身难保。有时候,特别是在失掉自由的时候,也胡思乱想,想到自己平生美好的际遇,想到所见所闻给我印象最深的人物和地方,其中当然也有昆明。一想到昆明的风光和民风,脑海里立刻就横七竖八地插上了一些茶花的影子、龙门的影子。耳边也仿佛响起了昆明人说话淳朴的声音。但是紧接着想到的就是:这些都是过去的事情了,与自己无缘了。自己今生大概再也不会重新见到昆明了。我是多么想念昆明啊!

　　但是,出我意料之外地快,凄风苦雨终于过去了,我没有敢期望再见到的东西又见到了。对我来讲,简直像是一个奇迹:我现在又来到了昆明。我的那种边城之感,在前几次来的时候已经消逝无踪。现在看到的昆明是一座充满了阳光、花朵、诗情、画意的春城,同全国各地一样,昆明在经过了一番磨炼之后,现在不是磨倒,而是磨炼得更美丽、更明朗、更生动、更清新。我感到在这里太阳特别明亮,天空特别蔚蓝,空气特别新鲜,微风特别宜人,树木特别浓绿、花朵特别红艳。到了春城,我自然而然地想到了唐代诗人韩翃的一首著名的诗《寒食》:

　　　　春城无处不飞花,
　　　　寒食东风御柳斜。
　　　　日暮汉宫传蜡烛,
　　　　轻烟散入五侯家。

又是出我的意料，我在到昆明的当天下午带一位年轻的同志游翠湖的时候，竟在那里举办的一个花展和画展上看到有人用酣畅的书法书写的这一首诗。可见昆明人也是把这座春城同这一首名诗联系在一起的。我心里窃窃自喜。从此我又想到，昆明是一座有文化的城，这里的人是有高度文化的人。你只要看一看那些花盆上雕刻的字和画，甚至蒸鸡用的汽锅上的画和字，就能够知道，这里的文化水平是多么高了。

我来到这里，当然不仅仅是欣赏花盆上和汽锅上的诗与画。我又到处去走了走。昆明的名胜古迹很多，我前几次来时，都已游遍，而且游了不止一次。但是这些地方都是百看不厌的，我这次当然不会放过重游的机会。我又游了龙门、华亭寺、太华寺、筇竹寺、曹溪寺、圆通寺、珍珠泉、温泉等地，在所谓"天下第一汤"的泉水洗了澡，而且还长途跋涉重游了石林，到处风光如旧而胜于旧。我到处重温旧梦，颇多感慨。在风雨飘摇中，这些古迹基本上没有遭到破坏，这是十分令人宽慰的。特别是游圆通寺的时候，我的感慨更是特别多。上一次来游时，大殿神像，完整无缺，回廊清池，一片肃穆气象，颇有"曲径通幽处，禅房花木深"之感。这次重游，寺院正在修缮，到处零乱地堆着砖石，许多塑像都已不见。我一方面慨叹那种罪恶的破坏，使我憎恨过去的那一些蠢事，但是，在另一方面，看到重新油漆彩绘的殿堂，我眼前好像是乌云消尽，阳光普照，又对当前和将来，充满了希望。我们伟大的祖国，我们伟大祖国的未来，毕竟是蒸蒸日上、光辉无量的，不是任何人可以破坏得了的，我能不兴会淋漓、逸兴遄飞吗？

特别令我忆念难忘的是著名京剧演员关肃霜同志，她主演了全本《铁弓缘》。我虽然看了几十年京剧，但对京剧却完全是一个外行。不过外行也有外行的优点，他没有框框，不懂得清规戒律，他能看出一般内行人因圈于习惯而看不出来的东西。我自命就是这样一个外行。我真是惊诧于她那技巧的纯熟，功力的深厚，文武双全，唱做俱佳。在全国京剧演员中，像她那样的人才，恐怕已如凤毛麟角绝无仅有了。以半百之年，而且在饱经风霜之后，竟然还能达到这样炉火纯青的水平，我们所有观看她演出的人无不啧啧称扬，赞不绝口，难道是偶然的吗？当我们上台感谢她的演出时，她再三强调，自己演得不好。这种虚怀若谷的精神，更使我们非常感动。我上面再三讲到昆明人情之美。据我了解，关肃霜同志不是昆明人，但在昆明已经住了几十年，我现在把她也当作昆明人的代表，我想昆明人和她自己大概都不会出来反对吧！

总之，所有这一些风光之美，人情之美，这一次重游昆明，我都已经充分地享受到了。我真是感到无限的喜悦，无限的兴奋。在昆明短暂的停留，日子过得简直像在天堂里一般。但是，在我的内心深处我总感到好像缺少点什么，我感到有点不足，有点惘然，有点寂寞，有点凄凉，有点惆怅，有点悲哀。古人的诗说："冠盖满京华，斯人独憔悴。"我想改一改："冠盖满昆明，斯人独已逝。"昆明就缺少了一个人，这一个人在我前几次来昆明时，总是要见一面的。尽管时间极短，但是情谊很深。我之所以常常怀念昆明，同他也是不无关联的。然而，这一次重来，他却到哪里去了呢？我是多么怀念这个人啊！

这个人不是别人，就是李广田同志。

他原名曦晨，不知从什么时候改名广田。我们在中学并不是同学，第一次见面的情景，现在也回忆不清了。不知怎么一来，我们就认识了。在北京读

青年时期的李广田

书的时候,他在北大,我在清华。距离虽然很远,但也时常见面。他有时候从城内长途跋涉,到清华园去看我。相聚的时间不长,我却是非常喜欢他的。他的为人,正如他的诗文一样,恳切真挚,朴素无华,真正是文如其人,或者人如其文。后来,我离开祖国,到一个很遥远的地方去待了十多年。因为当时我们国家和世界上都正是多事之秋,我们没有能够通信。我回国以后,到了北京,他不久也到了北京。碰巧我们俩都担任了北京一个中学的校董。开会时又常常见面,一面叙旧,一面谈新,过了一段非常愉快的日子。又过了不久,他调到昆明在云南大学担任领导职务。我那时还没有到过昆明,只是从书本上和人们的口中知道昆明的情况,是所谓"四时无寒暑,一雨便成冬"的容易引起人们幻想的地方。曦晨这样一个人,到昆明这样一个地方来,我觉得真是珠联璧合,相得益彰。我为他祝贺,也为昆明祝贺。他调来昆明的第三年,我第一次到了昆明,同曦晨见了面。一别三年,他乡音无改,衣着如旧,站在我面前的还是那一个恳切真挚、朴素无华的我多年见惯了的曦晨。我们都没有想到我们竟在万里之外见了面,我心里真是非常的高兴。以后,我几次到过或经过昆明,又同曦晨见过几面,都给我带来了极大的愉快。有时候在报

094

1993 年 10 月，季羡林参加纪念郑和大会，又来到春城昆明

刊上读到他写的诗文，也都感到异常的亲切。

然而，好景不长，上面已经提到的那一阵凄风苦雨突然飞袭过来。有一段相当长的时间，我同曦晨都失掉了自由。在那些暗无天日的日子里，我什么人、什么事都不能想，当然也不会想到曦晨。不知怎么一来，我竟然活了下来，又恢复了自由。由于一个偶然的机会，我听到了他的噩耗。我当时并不怎样悲哀：那种事情我已经听惯了，不以为怪了。我的心灵已经麻木了。

今天我又由于一个偶然的机会，来到了这一座我梦寐以求的春城。我重游了许多地方，重温了旧梦。自然风光之美和人情之美越使我高兴，我就越惘然若有所失，时时处处不禁悲从中来。那一个在我的记忆中同这一座春城总是联系在一起的人哪里去了呢？大街上，我看到熙熙攘攘的行人。这些人都是好人，都有愉快地自由地生存的权利，都有为祖国献身的权利，都有享受这一座春城的权利。然而我怀念的那一个人就没有这权利吗？在林林总总的人群中为什么独独竟少了那一个人呢？他同我岁数差不多，他是能够活下来的。他热爱新中国，热爱新中国的教育事业；他热爱生活，热爱这座春城。他有一颗热忱的心，能够为祖国的教育事业贡献力量。他手里有一支生花的妙笔,他能够鼓吹升平,歌唱我们这一个太平盛世。他曾经高歌:"春光似海,盛世如花。"他是多么热爱这似海的春光、如花的盛世啊!然而,这样一个人到哪里去了呢?我也是热爱这似海的春光、如花的盛世的,但我只觉得茫茫大地,独缺此人。我心灵里的空虚是无论如何也填补不起来的。我感到寂寞,感到凄凉;为了他,我将永远感到寂寞,感到凄凉。

　　我本来就是热爱这春城昆明的,现在又增加了一个促使我爱的因素。这里是广田生活过的地方,工作过的地方,他的遗骨又埋在这里。这就会使我的记忆的丝缕永远萦绕在一座美丽的春城周围。我将永远怀念广田,永远爱这座春城。

1979年3月2日

星光的海洋

1980年11月,季羡林在成都出席外国文学年会之后,专程来到久盼向往的重庆。这是季羡林第一次来到重庆。其实他到重庆主要是瞻仰那些革命圣迹,即为新中国的诞生,无数的仁人志士坚持斗争到最后一刻、流尽最后一滴血的地方,比如红岩、曾家岩、周公馆、桂园等等。季羡林以满腔的激情,引吭高歌这不寻常的灯光。在季羡林笔下,星光和灯光惟妙惟肖,活灵活现,山城的夜景有滋有味、生机盎然,令我们油然而生前去一览之感。在他眼中,这里的星光和灯光有机地交织在一起,互为陪衬,相映成趣,幻化成一幅色彩斑斓的图画。

星光,星光,星光……

到处都是星光。

是星光的瀚海,是星光的大洋;是星光的密林,是星光的丛莽;有红,有绿;有白,有黄;有大,有小;有弱,有强;有明,有暗;有高,有低;有远,有近;有疏,有密;有的成堆,有的成行;有的排成一线,有的组成一方;瞻之在前,忽焉在后;光辉灿烂,绵延数十里;汪洋浩瀚,好像充塞了天地。有时候,这星光的海洋似乎已经达到了黑暗的边缘;我满以为,在此之外,已是无边无际的大黑暗了。然而,只要一转瞬,再往上一看,依然是一片星光。

星光,星光,星光……

到处都是星光。

是夏夜的星空从天上落到地上来了吗?是哪一个神话世界里的神灯从虚无缥缈的高天上飘到人间来了吗?我有点迷惑,有点恍惚,有点好奇,有点

重庆的夜晚

糊涂。我注意探讨,仔细研究,猛然发现,这些都不是,都不是。这根本不是星光,而是绵延不断的灯光。

我抬头向上看,在这一片我原来误认为是星光的灯光上面,亮晶晶的一大片,大大小小的一群在那里眨着眼睛,那才是真正的星光。我低头向下看,看到星光和灯光在水面上的倒影,金光闪闪,像一条条的金蛇。原来就在我脚下,在我伫立的一个小小的山头的下面几十米深的黑暗处,从左边流来了嘉陵江,从右边流来了不尽长江滚滚来的长江。江声低咽,金波摇影。我现在不是在天上,而是在人间;不是在人间别的地方,而是在嘉陵江和长江汇流处的重庆。嘉陵江上通四川辽阔的地区,长江下达更辽阔的地区,一直通到大海。我正站在祖国的大地上,我眼前是重庆,是重庆的夜晚。眼前的一片星光是这座山城高高低低的山坡上的群灯。

在白天里,我曾在这一座山城里蜂房般的鳞次栉比的房屋的迷宫中漫游。我曾出出进进于大小商店之中,看点什么,买点什么。我也曾在大街上滚滚的人流中漫步,没有什么固定的目的,只是作为一个外地人,一个旁观者看看而已。我看玻璃窗里陈列的五光十色的商品;我看街旁菜摊上摆的有一些我叫不出名的蔬菜。我间或也能看到一些少数民族的妇女穿着花团锦簇颜色鲜艳的服装,头上和手上戴着的首饰闪闪发出银白色的光芒。我顾而乐之,忘记了时间的流逝。

最使我难忘的是我瞻仰的一些革命圣地,比如红岩、曾家岩、周公馆、桂园等等。特别是红岩,更给我留下了永不磨灭的印象。我怀着十分虔敬的心情在这个革命圣地里走上走下,在那些大大小小的房间里瞻望。我的步履很轻很轻,我几乎屏住了呼吸。我一向景仰的那一些革命前辈仿佛还住在这里。我不敢放肆,我怕打扰了他们的精神。在院子里,虽然现在时令已是冬天,但是那些五颜六色的菊花却傲然凌霜怒放,显示出与众不同的骨气。最引起我注意的是一丛开着红色花朵的我不知道名字的蔓藤,红得像火焰,像朝霞,耀眼惊心。就在这红色花朵的旁边矗立着一棵高大的黄桷树。在那黑云压城特务横行的日子里,在这棵大树的向外面的一侧是阴间。过了这棵树是红岩的主楼,就是阳间。因此,人民群众把这棵大树称作阴阳树。今天我来到了这棵树下,看到它枝干突兀腾跃,矫健挺拔,尖顶直刺灰蒙蒙的天空,好像把我的心情也带向高处。站在树下,我久久不想离去。今天我们全国人民都住在阳间,阴间已经消失得无影无踪了。我心头之兴奋可以想见了。也许是由于兴奋过度,我没有注意树上是否有灯。即使有的话,我也绝不会把灯光误认为星光。

眼前白天已经转入暗夜,我登上了长江和嘉陵江之汇流处的三角洲头。白天看到的那一些密密麻麻的大街、小巷、高楼、低舍,我都看不到了,都没入一片迷茫的黑暗中。我眼前看到的只有万家灯火,高高低低,前后左右,汇成了一片星光的海洋。

我当然不知道红岩、曾家岩、周公馆、桂园等等都在什么地方,我更不知道,那里现在是否都亮起了红灯。但是,我确信,在这一片灯光的海洋中,有几盏灯就是挂在那里的。红岩、曾家岩、周公馆、桂园,每一个窗口都会有闪亮的红灯让灯光流出,汇入这浩渺的灯光的海洋里。其中那最明亮、最高大的一盏一定是挂在阴阳树上。在它辉耀的光线的照耀下,我仿佛看到了大树下那些傲霜怒放的菊花,小红灯笼似的累累垂垂的花朵,衬托着碧绿的叶子,散发出无穷的活力。当年在这一座黑暗弥天的山城里,那些向往光明的人们,特别是青年们,一定是望眼欲穿地望着阴阳树上的这一盏明灯而欢欣鼓舞。这明灯给他们以信心,给他们以勇气,给他们以方向,给他们以安身立命之地。他们终于在灯光的照耀下,慢慢地冲出黑暗,奔向光明。我那时虽然不在重庆,但是,我确信,一定是有这样一盏灯的,而这灯又必然是异常明亮,异常光辉灿烂的。

今天,弥天的黑暗已经永远消失了,光明降临到大地上。我来到了重庆,缅怀往事,心潮腾涌。我很后悔,为什么当年竟没能够来到这里,看一看红岩、曾家岩、周公馆和桂园等地,献上我的一瓣心香?现在,我站在两江汇流处的三角洲山头上,面对山城的万家灯火,五十年的往事一下子逗上心头。回首前尘,唯余感慨;瞻望未来,意气风发。我完完全全沉浸在幻想之中。一转瞬间,眼前的万家灯光又突然变成了星光。这星光把我带到天上去,带到那片能抒发畅想曲的碧落中去。

星光,星光,星光……

到处都是星光。

1981年草稿,1984 年 12 月 13 日改于深圳,

1985 年 1 月 15 日抄于燕园

富春江上

1981年，已届古稀之年的季羡林来到富春江一游。远观富春江面，近赏鹳山风景，青山绿水烘染出诗一般的意境。他感受着美丽绝伦的富春江风光带来的无限惊喜，怀着对祖国大好山河的挚爱、对中华文化的景仰、对生活的炽烈热情，用富有情趣和浪漫的视角观察周围的风景，写下了这篇情景交融、有滋有味的文章。

　　本文体现出散文创作所要遵循的"形散而神聚"的特点，反映了季羡林"形式似散，经营惨淡"的创作风格。正如有人评论说，季羡林的这篇文章"总是让人想起一支奏鸣曲，一阕咏叹调，那主旋律几经扩展和润饰，反复出现，余音袅袅"。季羡林围绕着一段优美的主旋律，不断润饰扩展，营造出清幽的意境，传递出绵邈的情思；然而他的思绪无论飞得多远，最终都收束于这一主旋律上；围绕这一主旋律，我们又看到了一幅幅风格各异的山水画。这就是"形"与"神"相辅相成的辩证关系。

记得在什么诗话上读到过两句诗：

　　到江吴地尽，
　　隔岸越山多。

诗话的作者认为是警句，我也认为是警句。但是当时我却只能欣赏诗句的意境，而没有丝毫感性认识。不意我今天竟亲身来到了钱塘江畔富春江上。极目一望，江水平阔，浩渺如海；隔岸青螺数点，微痕一抹，出没于烟雨迷蒙中。"隔岸越山多"的意境我终于亲临目睹了。

钱塘、富春都是具有诱惑力的名字。实际的情况比名字更有诱惑力。我们坐在一艘游艇上，江水青碧，水声淙淙。艇上偶见白鸥飞过，远处则是点点风帆。黑色的小燕子在起伏翻腾的碎波上贴水面飞行，似乎是在努力寻觅着什

富春江风光

么。我虽努力探究，但也只见它们忙忙碌碌，匆匆促促，最终也探究不出，它们究竟在寻觅什么。岸上则是点点的越山，飞也似的向艇后奔。一点消逝了，又出现了新的一点，数十里连绵不断。难道诗句中的"多"字表现的就是这个意境吗？

眼中看到的虽然是当前的景色，但心中想到的却是历史的人物。谁到了这个吴越分界的地方不会立刻就想到古代的吴王夫差和越王勾践的冲突呢？当年他们钩心斗角互相角逐的情景，今天我们已经无从想象了。但是乱箭齐发、金鼓轰鸣的搏斗总归是有的。这种鏖兵的情况无论如何同这样的青山绿水也不能协调起来。人世变幻，今古皆然。在人类前进的程途上，这些都是不可避免的。但青山绿水却将永在。我们今天大可不必庸人自扰，为古人担忧，还是欣赏眼前的美景吧！

但是，我的幻想却不肯停止下来。我心头的幻想，一下子又变成了眼前的幻象。我的耳边响起了诗僧苏曼殊的两句诗：

春雨楼头尺八箫，

何时归看浙江潮？

浙江钱塘潮

　　这里不正是浙江钱塘潮的老家吗？我平生还没有看到浙江潮的福气。这两句诗我却是喜欢的，常常在无意中独自吟咏。今天来到钱塘江上，这两句诗仿佛是自己来到了我的耳边。耳边诗句一响，眼前潮水就涌了起来：

　　　　怒声汹汹势悠悠，
　　　　罗刹江边地欲浮。
　　　　漫道往来存大信，
　　　　也知反覆向平流。
　　　　狂抛巨浸疑无底，
　　　　猛过西陵似有头。
　　　　至竟朝昏谁主掌，
　　　　好骑赪鲤问阳侯。

　　但是，幻象毕竟只是幻象。一转瞬间，"怒声汹汹"的江涛就消逝得无影无踪，眼前江水平阔，浩渺如海，隔岸青螺数点，微痕一抹，出没于烟雨迷蒙中。

　　可是竟完全出我意料：在平阔的水面上，在点点青螺上，竟又出现了一

107

严子陵钓台

个人的影子。它飘浮飞驶,"翩若惊鸿,婉若游龙",时隐时现,若即若离,追逐着海鸥的翅膀,跟随着小燕子的身影,停留在风帆顶上,漂动在波光潋滟中。我真是又惊又喜。"胡为乎来哉?"难道因为这里是你的家乡才出来欢迎我吗?我想抓住它;这当然是不可能的。我想正眼仔细看它一看;这也是不可能的。但它又不肯离开我,我又不能不看它。这真使我又是兴奋,又是沮丧;又是希望它飞近一点,又是希望它离远一点。我在徒唤奈何中看到它漂浮飞动,定睛敛神,只看到青螺数点,微痕一抹,出没于烟雨迷蒙中。

我们就这样到了富阳,这是我们今天艇游的终点。我们舍舟登陆,爬上了有名的鹳山。山虽不高,但形势极好。山上层楼叠阁,曲径通幽,花木扶疏,窗明几净。我们登上了富春江第一楼,凭窗远望,富春江景色尽收眼底。因为高,点点风帆显得更小了,而水上的小燕子则小得无影无踪。想它们必然是仍然忙忙碌碌地在那里飞着,可惜我们一点也看不着,只能在这里想象了。山顶上树木参天,森然苍蔚。最使我吃惊的是参天的玉兰花树。碗大的白花在绿叶丛中探出头来,同北地的玉兰花一比,大小悬殊,颇使我这个北方人有点目瞪口呆了。

在山边上一座石壁下是名闻天下的严子陵钓台。宋朝大诗人苏东坡写的四个大字"登云钩月",赫然镌刻在石壁上。此地距江面相当远,钓鱼无论如何是钓不着的。遥想两千多年前,一个披着蓑衣的老头子,手持几十丈长的钓竿,垂着几十丈长的钓丝,孤零零一个人,蹲在这石壁下,等候鱼儿上钩,一动也不动,宛如一个木雕泥塑。这样一幅景象,无论如何也难免有滑稽之感。古人说,姑妄言之姑妄听之,过分认真,反会大煞风景。难道宋朝的苏东坡就真正相信吗?此地自然风光,天下独绝,有此一个传说,更会增加自然风光的妩媚,我们就姑妄听之吧!

两年前,我曾畅游黄山。那里景色之奇丽瑰伟,使我大为惊叹。窃念大化造物,天造地设,独垂青于中华大地。我觉得身为一个中国人,是十分幸福的,是非常值得骄傲的。今天我又来到了富春江上。这里景色明丽,秀色天成,同样是美,但却与黄山形成了鲜明的对照。如果允许我借用一个现成的说法的话,那么一个是阳刚之美,一个是阴柔之美。刚柔不同,其美则一,同样使我惊叹。我们祖国大地,江山如此多娇,我的幸福之感,骄傲之感,更油然而生。我眼前的富春江在我眼中更增加了明丽,更增加了妩媚,仿佛是一条天上的神江了。

在这里,我忽然想到唐代诗人孟浩然的一首著名的诗:《宿桐庐江寄广陵旧游》:

山暝听猿愁,

沧江急夜流。

风鸣两岸叶,

月照一孤舟。

建德非吾土，

维扬忆旧游。

还将两行泪，

遥寄海西头。

孟浩然说"建德非吾土"，在当时的情况下，这种心情是容易理解的。他忆念广陵，便觉得建德非吾土。到了今天，我们当然不会再有这样的感觉了。我觉得桐庐不但是"吾土"，而且是"吾土"中的精华。同黄山一样，有这样的"吾土"就是幸福的根源。非吾土的感觉我是有过的。但那是在国外，比如说瑞士，那里的山水也是十分神奇动人的，我曾为之颠倒过，迷惑过。但一想到"山川信美非吾土"，我就不禁有落寞之感。今天在富春江上，我丝毫也不会有什么落寞之感。正相反，我是越看越爱看，越爱看便越觉得幸福，在这风物如画的

《富春山居图》(局部)

江上,我大有手舞足蹈之意了。

我当然也还感到有点美中不足。我从小就背诵梁代大文学家吴均的一篇名作《与宋元思书》。这封信里描绘的正是富春江的风景:

> 风烟俱净,天山共色。从流飘荡,任意东西。自富阳至桐庐,一百许里,奇山异水,天下独绝。

上面就是对这"奇山异水"的描绘。那的确是非常动人的。然而他讲的是"自富阳至桐庐",我今天刚刚到了富阳,便戛然而止。好像是一篇绝妙的文章,只读了一个开头。这难道不是天大的憾事吗?然而,这一件憾事也自有它的绝妙之处,妙在含蓄。我知道前面还有更奇丽的景色,偏偏今天就不让你看到。我望眼欲穿,向着桐庐的方向望去,根据吴均的描绘,再加上我自己的幻想,把那一百多里的奇山异水给自己描绘得如阆苑仙境,自己感到无比的快乐,我的心好像就在这些奇山异水上飞驰。等到我耳边听到有点嘈杂声,是同伴们准备回去的时候了。我抬眼四望,唯见青螺数点,微痕一抹,出没于烟雨迷蒙中。

1981年9月11日

富春江边　瑶琳仙境

瑶琳仙境，又名瑶琳洞，位于浙江西部的桐庐县瑶琳镇，距杭州市区80千米。瑶琳仙境以神奇的地貌和瑰丽多姿的群石景观而享有"全国诸洞冠"之美誉，被国家旅游局评为"AAAA级风景旅游区""中国旅游胜地四十佳"，蜚声海内外。

　　几年前，季美林游览过富春江，这次又故地重游，同样表达出他对富春江边、瑶琳仙境的惊喜和慨叹。这次来他不是乘船，而是坐车，交通工具的改变促成了视角的变换，如此美景让他"眼睛仿佛得到了天眼通的神力，穿透了巍峨的高山，看到富春江上"；让他"耳朵仿佛得到了天耳通的神力，听到富春江上"；让他在幸福感溢于言表的同时，幻化出了第二个"我"——一个"我"在车上，一个"我"在船上；一个"我"在蜿蜒群山间，一个"我"到达富春江畔；一个"我"到达瑶琳仙境，一个"我"化入太虚幻境。他仔细揣摩，反复比较，认为"宇宙奇迹达到瑶琳仙境这样的程度，算是已经到了顶，再想要更高的、更神妙的东西，只有到阆苑天宫里去找了"。

几年以前,我写过一篇散文《富春江上》,抒发我在富春江上乘船畅游时的一些感受。我在最后说吴均《与宋元思书》中讲到"自富阳至桐庐,一百许里,奇山异水,天下独绝",可是我们只到了富阳就转回杭州,把奇山异水都丢在后面了,这真是天大的憾事。"然而,这一件憾事也自有它的绝妙之处,妙在含蓄。"明眼人一看就能知道,其中有自我欺骗的味道。我自己也知道,重游富春江的机会相当渺茫了。但是我又确实爱上了这一条神奇的澄江,依恋之情,溢满心头。因此故作含蓄语,不过聊以自慰而已。

　　然而事竟有出人意料者,仅仅隔了三年,我现在又来到了杭州,来到富春江边了。遗憾的是,也许庆幸的是,我这次不是乘船,而是乘车,不是仅仅到了富阳,而是直抵桐庐,真正到了吴均描绘的天下独绝的山水的终点,我多少年来梦寐以求的这个人间仙境终于亲身来到了。遗憾的是,也许庆幸的是,我这一次看到的不是吴均描绘的景色,而是它的背后,也许连吴均都没有看到过的背后。

我就在这个背后乘车走了"一百许里"。

车子过了六和塔,钱塘江波平浪静,晴光满江,微风不起,浮天潋滟,像一面巨大的镜子,照亮了上下四方,背后衬托着几点黛螺似的越山,显得姣丽肃穆。这一片江水在车旁一晃而过,此后就一直再没有见到钱塘江和富春江。蜿蜒的群山把她们隔住了。车子经过的地方,山青水绿,平畴如画。朝阳在山上的松林顶上涂上了一条条的阴影:向阳处,金光闪耀;背阴处,浓绿深黑。阳光就跳跃在这明暗相间的阴影上。外国崇拜太阳的信徒们看到这样的阳光不知道作何感想。我这个喜爱但不崇拜太阳的俗人,看到这样的情景,脑筋蓦地一闪,天启真仿佛临到我的心头,我的灵魂沐浴在金色的阳光中,与阳光融而为一了。

这是我眼前看到的实实在在的情景,这一幅迷人的图景是我在陆路上汽车中吸入眼底的。但是,不管这一幅图景是多么迷人,我的心并没有被它完全拴住,而是飞到更远的地方去了。我背诵着吴均的文章:

> 水皆缥碧,千丈见底。游鱼细石,直视无碍。急湍甚箭,猛浪若奔。夹岸高山,皆生寒树。负势竞上,互相轩邈。争高直指,千百成峰。泉水激石,泠泠作响。好鸟相鸣,嘤嘤成韵。蝉则千转不穷,猿则百叫无绝。

我的眼睛仿佛得到了天眼通的神力,穿透了巍峨的高山,看到富春江上。我的耳朵仿佛得到了天耳通的神力,听到富春江上。缥碧的江水,流在我眼前。竟上的寒树,绿在我眼前。冷冷的泉水,响在我耳边。嘤嘤的好鸟,唱在我耳边。中间混合上猿猴的哀鸣,寒蝉的唧声,汇成了钧天大乐;再衬上青山绿水,辉耀震荡着整个宇宙。我自己现在仿佛不是坐在车上,而是坐在船上;我仿佛化成了另外一个自我了。昔者庄子化为蝴蝶,不知谁化为谁。我现在化出了第二个我,我也不知道,究竟坐在车上的是我呢,还是坐在船上的是我?在到达瑶琳仙境之前,我已经化入太虚幻境了。

但是,现实毕竟是现实,眼前的东西看起来毕竟真切。车子在飞驰,眼前的景象在飞快地变化。"山重水复疑无路,柳暗花明又一村。"陆放翁诗中描绘的大概也就是同这一带相似的地方的景色。区别只在于,他当时漫游,不外是步行、骑驴或者坐轿,速度都是很慢的。眼前风物的变化,节奏也慢。一片树林,一个山坡,一块草地,一方池塘,看上半天,也换不了镜头。今天我们乘的是汽车,风驰电掣,转瞬数里,眼前的景色瞬息万变。马路旁的稻田,稻田边上高视阔步的水牛,远处山麓下的白色小楼,田地里劳动的农民,小镇子里熙熙攘攘的男女老少,都像风车一般,还没等看清楚,已经飞也似的向后退去,什么东西都是转眼就变。小河中白云青山的倒影,紧紧地拼命似的跟着我们的汽车跑。一转弯,小河一消失,白云青山的倒影立刻也就杳无踪影,只有倒影的残痕还留在我们的脑海中。此景此情,陆放翁是无论如何也看不到的。今人幸福胜古人,这一点是无可怀疑的了。

眼前的幸福确实带给了我极大的愉快。但是我刚才自己制造的那一个太虚幻境无论如何也不想从我眼前离开。分成两半的那一个我始终也没有完全合拢起来。一半留在眼前的车上,一半钻透高山,飞到富春江畔。后一半似乎

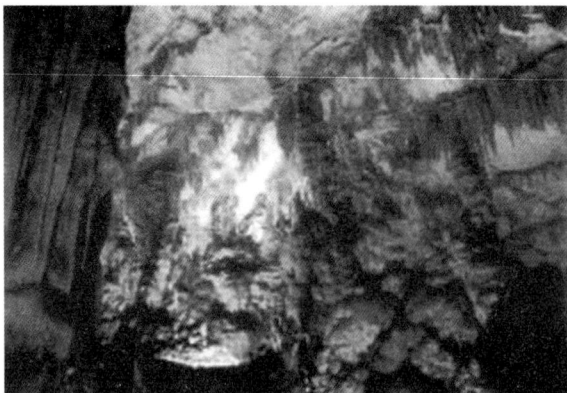
瑶琳仙境风光

比前一半还有更大的自由,还更活跃。它完全不受眼前现实的束缚,甚至不受吴均的束缚,它海阔天空,任意驰骋,任意发挥,任意创造。它创造的富春江比现实的要美,比吴均的富春江也要美,而且要美妙到不知多少倍。这里是一个完全自由的王国,一个真正的太虚幻境……

"瑶琳仙境到了!"

"我们到了太虚幻境了!"

同车的人高声喧嚷起来,我仿佛从梦中被惊醒一般,那两个我终于合成了一个。我探头车外,许多小店铺标着瑶琳仙境的名字,旅游的汽车排成了长龙,中外游人成团成堆——瑶琳仙境果然到了。

我随着众多的游人挤进洞中。这一个洞穴确实很大,按照天然长成的样子,分为六个"厅",各厅自成格局,但又有路可通。洞中大小石室,无法统计;亿万年点滴形成的钟乳石,五颜六色,纷烂夺目。有的像玉石,有的像玛瑙,有的像金刚,有的像翡翠。样式更是千姿百态。珠帘玉幕,瑶台灵山,连云飞瀑,高峰崇巘,丛莽竹林,层楼叠阁,说不尽的奇迹,数不清的异相。低头忽然发现下有深沟。邈邃宽敞,正在戒惧惶恐,以为是下临无地;突然水光一闪,原来是洞中小溪,深不逾尺,不禁会心一笑。女解说员正在起劲地讲解,她口若悬河,眉飞色舞,绘形绘色,极尽幻想之能事。其实只要我们自己肯动脑筋,给自己的幻想插上翅膀,让它无拘无束地自由飞翔,对着眼前那一些奇形怪状的石头,我们能够起上成百上千的诡奇美妙的名字。你给它起上什么名字,它肯定就像什么。如果有人幻想力比你更强,给它换上一个名字,你仔细端详,必然是越看越像。最后让你眼花缭乱,幻想也疲于奔命,好像在这个洞中宇宙间万事万物,包括古人和神仙在内,无所不有;而一转瞬间又是什么都无所有,自己也陷入迷离的梦中了。这种经验我平生已经有过几次:一次是在黄山山上,一次是桂林洞中、漓江岸边。现在是第三次了。如果有人问我:你对瑶琳仙境总的印象如何? 我会坦率地回答:有点失望,有点不满足。我本来期望,这里能给我一点新东西,高出于桂林诸洞的东西。但是实际上没有,两者是差不多的。也许是我们伟大祖国这样神妙的地方太多了,把我们都惯坏了,把我们的眼眶子都惯得太高了,以致这也看不上,那也看不上。其实,宇宙奇迹达到瑶琳仙境这样的程度,算是已经到了顶,再想要更高的、更神妙的东西,只有到阆苑天宫里去找了。

　　走出了瑶琳仙境,我们立刻就走上了归途。此时太阳已经越过了中天,渐渐向西方倾斜。青山绿水另有一番景象。西斜的太阳把暗淡下来的光辉洒上碧林,洒上山麓,不像早晨那样金光闪闪,却仍然保留着充沛的活力,把村落、小溪、稻田、池塘,清清楚楚地端在我们眼前。可惜现在节令早了一些,林中的树叶子还没有变红。不然的话,如果现在是层林尽染的季节,"好是日斜风定后,半江红树卖鲈鱼"那样令人神往的景象我就可以亲身领略了。

同往常一样,在归途上,兴会难免有点阑珊。我现在确已有点倦意,懒得再像早晨那样兴会淋漓地仔细欣赏车窗外的自然景色了。

但是,我的眼睛一闪,一个人的影子蓦地又浮现了出来。早晨来的时候,这个影子已经浮现出来过。我们的车子刚刚驶过六和塔下,一看到明镜般的钱塘江,这影子就在波光水影中冉冉地浮现起来。从那时开始,它一直跟着我们的车子飞驰,时大时小,时近时远,时停时走,时隐时显;飘浮在青山顶上,逍遥在绿水岸边;恰似白云,宛若轻烟;瞻之在后,忽焉在前;充塞宇宙之内,弥漫天地之间。这是多么可爱的一个影子呀!车子驶在小溪的边上,绿树白云,倒映水中,这影子也在水中出现。到了小溪尽头,一切倒影杳然消逝。但是这个影子却仿佛从水中一跃而出,仍然跟着车子飞奔,而且一直陪着我进入瑶琳仙境,充塞了整个石洞。现在我们已经离开仙境,走上了归途,正当意兴阑珊时,青山绿水已经对我不再有多大的吸引力了,它却又突然浮现出来,时而微笑,时而点头,时而颦眉,时而闭目,在我心中激起了剧烈的波动,猛烈地撞击着我的心扉,我想呼喊,我想招手,我想把它牢牢地抓住。但是,定睛看时,却只见山清水秀。我明白了,只有这山清水秀的地方才能产生这样的面影。它是天地的精英,山川灵气之所钟。想用赤手空拳把它抓住,那只是痴心妄想。我要把它保留在我灵魂深处,我相信,它也会乐意待在那里的。我想到这里,心旷神怡。抬眼再看,那面影又浮现在我的眼前,宛似一条神龙。它就这样陪着我,在暮色朦胧中,到了万家灯火的杭州。

1984 年 12 月 9 日写毕

五样松抒情

这是季羡林 1982 年 9 月回乡时写的一篇文章，字里行间表达的是季羡林十分淳朴的热爱家乡的感情。据季承回忆说："父亲对家乡了解得并不多，因为他六岁就离开了。一直到 1982 年，这恐怕是第一次比较充裕放松地去老家访问"，"从家乡回来，他口头讲得很少，多半是写文章，让大家去念他的文章，一般他都是这个习惯。我觉得写得很真实，很生动，文章看起来很亲切。比如说《五样松抒情》这篇"，"他坦白自己对家乡并不是很了解，但他生在那个地方，有这么一种感情或者是概念：这是我的家，这儿让我感到亲切。临清，因为小的时候没去过，他主要是在村里头活动，所以他对土地、池塘、树木、街道都是有深厚的感情的。到七十一这个岁数回去，他是抱着一种眷恋的心情的。"

我对家乡的名胜古迹已经非常陌生了。我从来没有听说有什么五样松。在看到五样松前一秒钟,我在汽车上才第一次听到这名字。当时我们刚离开临清县城,汽车正在柏油马路上飞也似的行驶。司机突然把车刹住,回头问我们,愿不愿意看一看五样松。"五样松",多奇怪的名称!我抬眼一看:在一片绿油油的棉花田中间,一棵古松巍然矗立在中间,黛色逼人,尖顶直刺入蔚蓝的天空。它仿佛正在向我们招手。我们这一群人都异口同声地答应,要去看一看这一棵从来没有听说过的奇松。我们的车立刻沿着田间小径开到古松下。

　　我看到古松,一下子就想到杜甫《古柏行》中的名句:

　　　孔明庙前有老柏,

　　　柯如青铜根如石。

　　　霜皮溜雨四十围,

黛色参天二千尺。

这棵古松是否有四十围,我没有去量。但是,一看就能知道,几个人也合抱不过来。它老得已经空了肚子。据说,农村的小孩子常常到它肚子里去打扑克。下雨的时候,就到里面去避雨,连放牧的羊也可以牵到里面去。这就可以想见,古松的肚子有多么大了。

天下的名松,我见过的不知道有多少了。泰山的五大夫松,黄山的迎客松、送客松、盘龙松、蒲团松、黑虎松、连理松,以及一大串著名的松树,我都亲眼看到过。翻开我国历代的地方志和名山志,几乎每一个地方,每一座名山,都有棵把有名的古松。古今很多文人写过不知多少篇有关松树的脍炙人口的绝妙文章;而许多画家更喜欢画松树。孔子还说过:"岁寒,然后知松柏之后凋也。"对松树给了很高的评价。可见松树在古往今来的中国人心目中占有多么重要的地位。

但是,五样松这样的松树我却从来还没有听说过。我见到的那一些名松哪一棵也比不上它。我对生物学知识极少。一棵松树上长两种叶子,这个我是见到过的。三种、四种的就不但没有见过,而且也没有听说过。现在一棵树上竟长上五种不同的叶子,岂不是有点"骇人听闻"吗?

这棵古松之所以不寻常,还不仅仅在于它长着五种叶子,而且也在于它的年龄。据说,这一位老寿星已经活了有两千年。我没有根据相信这种说法,也没有根据不相信。如果真是这样的话,那么,中国有五千年的历史,它就占了五分之二。它站在这个地方,一动不动;但是,我相信,在这样漫长的时间内,它总在睁大了眼睛,注视着,观察着。不管春、夏、秋、冬,它的枝叶总是那样浓绿繁茂,它好像从来没有睡过觉。谁能数得清,它究竟亲眼看到了多少重大的历史事件、重要的历史人物呢?它一定看到过汉末的黄巾起义;起义士兵头上缠的黄巾同它那苍郁的绿色,相映成趣。它一定看到过胡马北来、晋室南渡的混乱情景。它一定看到过就在离开它不远的大运河里隋炀帝南下扬州使用宫女拉着走的龙舟,想必也是五彩缤纷,令人眼花缭乱。它一定看到过隋末群雄并起逐鹿中原的滚滚狼烟。它一定看到过在长达一千多年的时间内大运河中南来北往的上千上万的船只,里面坐着争名逐利的官员,或者上京赶考的举子;有的喜形于色,得意洋洋;有的愁眉苦脸,垂头丧气。它当然也一定看到过宋景诗起义和太平天国北伐,刀光火影,就闪亮在身旁。它一定看到过这,一定看到过那,它看到的东西太多太多了,数也数不清。这个老寿星真是饱经沧桑,随着中国人民之乐而乐,随着中国人民之忧而忧,说它是中国历史的见证者,不是很恰当吗?

　　然而,正如每一个国家、每一个人一样,这一棵古松的经历也绝不会是一帆风顺的。过去那样漫长的时间不去说它了,据本地的同志说,就在几年以前,松树肚子里忽然失了火。它的肚子本来已经空成了一个烟筒。现在火在里面一燃起,风助火势,火仗风威,再加上烟筒一抽,结果是火光熊熊,浓烟弥漫。人们赶了来,费了很大劲,也没有把火扑灭。后来什么人想出了一个办法,用湿泥巴在松树肚子里从下面往上糊,终于把火扑灭了。人们在松一口气之余,都非常担心;这个老寿星已届耄耋之年,它还能经受起这一场巨大的灾难吗?它的生命大概危在旦夕了。然而不然。它安然度过了这一场灾难。今天我们看到它,虽然火烧的痕迹赫然犹在,但它却仍然是枝叶繁茂,黛色逼人,巍然矗立在那里,尖顶直刺入蔚蓝的天空。

我觉得,它好像仍然睁大了眼睛,注视着,观察着。但是,它现在看到的东西,不但不同于古代,而且也不同于几年前。辽阔的鲁西北大平原,一向是一个穷苦的地方。解放前,每一次饥荒,就不知道有多少人下关东去逃荒。我们家里就有不少的人老死在东北。在解放后的"十年浩劫"期间,人们的日子也难过。地里当然也种庄稼;但都稀稀落落,很不带劲。熟在地里,收割得也很粗糙。人们大都懒洋洋的精神不振。农民几乎家家闹穷,看不到什么光明的前途。然而,现在却真是换了人间。农民陡然富了起来。棉田百里,结满了棉桃,白花花地一大片。白薯地星罗棋布,玉米田接陌连阡。农民干劲,空前高涨。不管早晚,见缝插针。从前出工,要靠生产队长催。现在却是不催自干。棉桃掉在地里没人管的现象,再也见不到了。整个大平原,意气风发,一片欢腾。这些动人的情景,老寿星一定会看在眼里,在高兴之余,说不定也会感叹一番吧。

我的眼前一晃,我恍惚看到,这个老寿星长着五种不同叶子的枝子,猛然长了起来,长到我的眼睛看不到的地方:一个枝子直通到本县的首府临清,一个枝子直通到本地区的首府聊城,一个枝子直通到山东的首府济南,一个枝子直通到中国的首都北京,还剩下一个枝子,右边担着初升的太阳,左边担着初升的月亮,顶与泰山齐高,根与黄河并长。因此它才能历千年而不衰,经百代而常在。时光的流逝,季候的变换,夏日的炎阳,冬天的霜霰,在它身上当然留下了痕迹。然而不管是春秋,还是冬夏,它永远苍翠,一点没有

五样松

变化。看到它的人，都会不自觉地挺直了腰板，无穷的精力在心里汹涌，傲然面对一切的挑战。

对着这样一位老寿星，我真是感慨万端，我的思想感情是无法描述的。但是，我们还要赶路。我们在树下只待了几分钟，最后只有恋恋不舍地离开了它。回头又瞥见它巍然矗立在那里，黛色逼人，尖顶直刺入蔚蓝的天空。

我将永远做松树的梦。

1982 年 9 月 19 日写初稿于山大招待所，

1982 年 12 月 16 日修改于北京

观秦兵马俑

1982年10月，季羡林借开会之机参观了秦始皇兵马俑，并写了这篇散文。文章大致可分两部分：乘车驶向秦兵马俑馆的路上和来到秦兵马俑馆以后。

他虽然是来参观秦兵马俑的，但是其他历史古迹也无不打动他的心。一路上，他看到秦始皇陵，"心思仿佛长上了翅膀，连绵起伏，奔腾流泻"，看到半坡、骊山、茂陵，想到了远古祖先和轩辕黄帝，周幽王和骊姬，汉武帝和霍去病、卫青……接着，季羡林又目睹了唐代的历史古迹，并引用古诗来抒发思古之幽情。随着诗歌的韵律，他的心飞到了那一处处名胜古迹，飞到了那创造了辉煌的年代。

就这样，季羡林一边观赏西安的名胜古迹，一边沉浸在诗的海洋中，最后来到了秦兵马俑博物馆。他仔细地揣摩宇宙间的这一奇迹，思潮腾涌，眼前幻象浮起，心头波浪翻滚。他用极其诙谐的语言将兵马俑刻画得生龙活虎，绘声绘色，惟妙惟肖，好一幅徐悲鸿笔下的"万马奔腾"图！

好像从地下涌出来一样，千军万马的兵马俑一个个英姿勃发地突然站立在大地上。说是千军万马，绝不是夸大之词。仅就已知的俑的数目来看，足足够编成一个现代化的师。有待于发现的还没有计算在内。

你说这是一个奇迹吗？我同意。这几乎是全世界到中国来参观兵马俑的外国朋友的一致的意见，他们中间有的人甚至说，秦兵马俑这一个奇迹超过了举世闻名的万里长城。但是，同时我也可以不同意。我们伟大的祖国是文明古国，在现在的九百多万平方公里的土地上，十亿人口正在从事于万马奔腾的社会主义现代化的伟大建设工作。这是地面上的奇迹，是明明白白地摆在光天化日之下的，是人们都能够看到的。但是在地下呢？谁也说不清楚，究竟还有多少像秦兵马俑这样的奇迹暂时还埋藏在那里。就连邻近兵马俑的地带，地下情况我们也还不很清楚，何况是这样辽阔的大地呢？

在兵马俑没有涌出来以前，想来地面上也不过是一片青青的庄稼，或者

秦始皇兵马俑

一片荒烟蔓草。这一块土地,同另外任何一块土地完全是一模一样的。两千多年以来,不知道有多少人脚踩过这一块土地,也许在上面种过庄稼,种过菜,栽过树,养过花;也许在上面盖过房子,修过花园。谁也不会想到,就在自己的脚下,竟埋藏着这样多这样神奇的国宝。中国古人有一句现成的话说:"地不爱宝。"现在也许是大地忽然不再爱这些宝贝了,于是兵马俑这样的国宝就一下子涌到地面上来。

今天我们不远千里来到这里,无非是想看一看这些国宝,这些奇迹。一路之上,从西安城一直到这里,看到的当然都是地面上的东西。车过秦始皇陵,看到一个高高的土丘,上面郁郁葱葱,长满了石榴树。因为天气不好,骊山只剩下一片影子,黑魆魆地扑人眉宇。田地里长满了青青的蔬菜,间或也能看到麦苗。麦苗长得还很矮小,但却青翠茁壮。在骊山的阴影压迫之下,这麦苗显得更加青翠,逗人喜爱。

但是在西安引人注意的却不是这些青翠茁壮的麦苗,西安是一个最容易让人发思古之幽情的地方。只要一看到秦始皇陵和骊山，人们的思潮就会冲决这两个地方，向外扩散。我现在正是这样。我的心思仿佛长上了翅膀，连绵起伏，奔腾流泻。看到半坡，我自然就想到了蒙昧远古的祖先。接着想到的是我们汉族公认的始祖轩辕黄帝，他的陵墓距离西安不算太远。骊山当然让我想到周幽王和骊姬。始皇陵里埋着妇孺皆知的秦始皇。茂陵是汉武帝的陵墓。这一位雄才大略的大皇帝把自己的大将和大臣都埋葬在身边，霍去病和卫青的墓都在茂陵附近。这两个杰出的年轻的大将军在死后还在赤胆忠心地保卫着自己的主子。

至于唐代，那遗迹更是到处可见。很多地方都与中国文学史上一些非常显赫的诗人的名字联系在一起。抬头一看，低头一想，无一不让你想到唐代诗歌的黄金时代，想到一些脍炙人口的诗句。这里简直是诗歌的王国，是幻想的天堂，是天上彩虹的故乡，是人间真情的宝库。走过灞桥，我怎能会不想到当年折柳赠别的那一些名句和那种依依不舍的友情呢？看到蓝田这个地名，我自然就想到了王维的辋川别墅，想到那些意境幽远的短诗。终南山抬头就能够见到，一看到终南山："终南阴岭秀，积雪浮云端。林表明霁色，城中增暮寒。"吟咏这首诗的声音，就在我耳边响起。车子驰过城西北的那一些原，我不由自主地低吟："五陵北原上，万古青蒙蒙。"走过咸阳桥，杜甫的名句"爷娘妻子走相送，尘埃不见咸阳桥"自然就在我耳边响起。我仿佛看到在滚滚的黄尘中唐代出征军人的身影，他们的父母妻子把臂牵袂，痛哭相送。一走过渭水，"秋风生渭水，落叶满长安"这样的诗句马上把我带到了长安的深秋中，身上感到一阵阵的凉意。一想到秋天，我马上就想到春天。"云里帝城双凤阙，雨中春树万人家。"这样春雨中的情景立刻就把千树万树枝头滴着红雨的杏花带到我眼前来,我身上感到一阵阵的湿意。从帝城我联想到大明宫:"九天阊阖开宫殿,万国衣冠拜冕旒。"我仿佛亲眼看到当年世界的首都长安的情景,大街上熙熙攘攘,挤满了人,在黄皮肤的人群中夹杂着不少皮肤或白或黑、衣着怪异、语言奇特的外国学者、商人、僧侣、外交官。

……

总之,在我乘车驶向秦俑馆的路上,我眼前幻影迷离,心头忆念零乱,耳旁响着吟诗声,嘴里念着美妙的诗句,纵横八百里,上下数千年,浮想联翩,心潮腾涌。我以前在任何时候任何地方都没有过这样复杂的感情,我是既愉快,又怅惘;既兴奋,又冷静,中间还搀杂上一点似乎是骄傲的意味。

就这样,转眼之间,我们已经到了秦兵马俑馆。

所谓兵马俑馆,是一个硕大无比的大厅,目测至少有几个足球场大。在进入大厅之前,我们先参观了大厅旁边的一间小厅,中间陈列着正在修复中的一辆铜车、四匹铜马。四匹铜马神采奕奕,仿佛正在努力拉着铜车奔驰。一个铜军官坐在车上,驾驭着这四匹马。看到这样精致绝伦的艺术国宝,我们每个人都不禁啧啧称叹:想不到宇宙间竟有这样神奇的珍品,我心中那一点骄傲的意味不由得更加浓烈起来了。

走进了大厅,站在栏杆旁边向下面的大坑里望去,看到一排排的坑道,坑道中,前排的兵俑和马俑都成排成行地站在那里。将军俑、铠甲武士俑、骑马俑等等,好像都聚精会神地站在那里,静候命令,一个个秩序井然,纪律严明,身体笔直,一动也不动。兵俑中间间杂着一些马俑,也都严肃整齐,伫立待命。我原以为，这些兵俑都是一个模子里塑制出来的，千篇一律，不会有什么变化。但是仔细一看才发现，他们的面部表情几乎每一个都不相同：有的像是在微笑，有的像是在说话，有的光着下额，有的留着胡子，个个栩栩如生，而又神态各异，没有发现一个愁眉苦脸的。他们好像都是衷心喜悦地为大皇帝站岗放哨。他们的"物质待遇"好像是很不错，否则怎么能个个都心满意足呢？我简直难以想象，当年的艺术家是怎样塑制这些兵马俑的。数以万计的兵马俑竟都能这样精致生动，不叫它是宇宙间一大奇迹又叫它什么呢？

我的思潮又腾涌起来，眼前幻象浮动，心头波浪翻滚。蓦地一转眼，我仿佛看到坑里的兵俑和马俑一齐跳动起来。兵俑跑在前面，在将军俑的率领下，奋勇前进。马俑紧紧地跟在后面。有的兵俑骑上马俑，放松缰绳，任马驰骋。后排坑道里那些还没有被完全挖出来的兵俑和马俑，有的只露出了头，有的露出了半身，有的直着身子，有的歪着身子，也都在那里活动起来。在这里，地面高高低低，坎坷不平。它在我眼中忽然变成了海浪，汹涌澎湃，气象万千。兵俑和马俑正从海浪中挣扎出来。有脑袋的奋勇向前。连那些没有脑袋的也顺手抓起一个脑袋，安在脖子上，骑上马俑，向前奔去；想追上前面那些成行成排的俑，一齐飞出大厅。那四匹铜马拉着铜车四马当先，所向无前。连乾陵的那两匹带翅膀的飞马也从远处赶了来，参加到飞腾的队伍中去。它们一飞出大厅，看到今天祖国已经换了人间，都大为惊诧与兴奋。它们大声互相说着话："我们一睡就是几千年，今天醒来，看到河山大地花团锦簇，人民群众意气风发。我们虽然都有了一把子年纪，但是身子骨还很硬朗。我们休息了这么多年，正有用不完的劲。我们也一定要尽上一份力量，决不能后

于人。现在是大显身手的好时候了,干呀!干呀!"边说边飞,浩浩荡荡,飞向天空,飞向骊山:

骊山高处入青云,

仙乐风飘处处闻。

现在我耳边响起的不是缓歌慢奏的仙乐,而是兵马杂沓,金鼓齐鸣,这些声音汇成了三界大乐,直上青云,跟随着兵俑和马俑,把我的心也夹在了中间,飞驰掠过八百里秦川。

这八百里秦川可真是一块宝地啊!在若干千年中,我们的先民在这里胼手胝足,辛勤耕耘,才收拾出来了现在这样的锦绣河山。就拿西安这一个地方来说吧。在汉唐时期,以它那光辉灿烂的文化,吸引了成千上万的外国朋友,不远万里,来到这里,或学习,或贸易,或当外交官。西安俨然成了当时世界的中心。城中盛况,依稀可以想象。这一点我在上面已经谈到。今天,又发现了数目这样多、塑制又这样精美、能同世界奇迹长城媲美的兵马俑,锦上添花,又招引来了全国各地的人士和世界各国的朋友,云集此处,都瞪大了眼睛,惊叹不止。在我们来的路上,外国朋友乘坐的车子,络绎不绝。现在在秦俑馆内,外国朋友,男女老幼,穿着五光十色的衣服,说着稀奇古怪的语言,其数目远远超过国内人民。在这样的情况下,作为一个中国人,人们会想些什么呢?别人的心思我无法揣度,我说不出;但是我自己的心思我是清楚的。我在来的路上的那一点淡淡的骄矜之意、幸福之感,现在浓烈起来了。为

兵马俑

生为一个中国人而感到骄矜与幸福,难道不是我们共同的感觉吗?

我就是怀着这样的骄矜之意与幸福之感，依依不舍一步三回首地离开了秦俑馆的。此时天色已经渐渐地晚了下来,骊山山顶隐入一层薄薄的暮霭中。浩浩荡荡的兵俑和马俑的队伍大概已经飞越了骊山,只留下一片寂静,伴随着我驰过八百里秦川。

1982年10月29日写草稿,1982年11月16日修改,
1985年1月14日抄出

火车上观日出

1984年10月，季羡林前去烟台参加《中国大百科全书·语言文字卷》编委会召开的第一次词条编写审稿会。会议之余，季羡林写了这篇文章，描写他在火车上看到冉冉升起的朝阳的情景。

在晨光熹微中,我走出了卧铺车厢,走到了列车的走廊上。猛一抬头,我的全身连我的内心立刻激烈地震动了一下:东方正有一抹胭脂似的像月牙一般的红彤彤的东西腾涌出来。这是正在升起的朝阳,我心里想。

我年逾古稀,平生看日出多矣。有的是我有意去寻求的,比如泰山观日。整整五十年前,当时我还是一个青年小伙子,正在济南一个中学里教书。在旧历八月中秋,我约了两个朋友,从济南乘火车到泰安。当天下午我们就上了山。我只有二十三岁,正是精力旺盛的时候,我大跨步走过斗母宫、快活三里、五大夫松,一气登上了南天门,丝毫也没有感到什么吃力,什么惊险。此时正是暮色四垂、阴影布上群山的时候,四顾寂无一人,万古的沉寂压在我们身上。在一个鸡毛小店里住了一夜。第二天,摸黑起来,披上店里的棉被,登上玉皇顶。此时东天逐渐苍白。我瞪大了眼睛,连眨眼都不敢,盼望奇迹的出现。可是左等右等,我等待的奇迹太阳只是不露面。等到东天布满了一片红霞时,再仔细一看,朝阳已经像一个红色的血球,徘徊于片片的白云中,原来太阳早已经出来了。

从那以后,过了四十多年,到了 80 年代初,我第一次登上了"归来不看岳"的黄山,在北海住了三天。我曾同小泓摸黑起床,赶到一座小山顶上,那里已经黑压压地挤满了人。我们好不容易挤了上去,在人堆里争取了一块容身之地,静下心来,翘首东望,恭候日出。东天原来是灰蒙蒙一片,只是比西方、南方、北方稍微显得白了亮了一点。但是,一转瞬间,亮度逐渐增高,由淡白转成了淡红,再由淡红转成了浓红,一片霞光照亮东天。再一转瞬,一芽红痕突然涌出,红痕慢慢向上扩大,由一点到一线,由一线到一片,一轮又圆又红的球终于跳出来了。

就这样,我在泰山和黄山这两个在全中国甚至全世界都以能观日出而声名远扬的名山上,看到了日出。是我自己处心积虑一意追求而得来的。

我现在是在火车上,既非泰山,也非黄山。我做梦也没有想到会同观赏日出联系起来,我一点寻求的意思也没有。然而,仿佛眼前出现了奇迹:摆在我眼前的是不折不扣的日出。我内心的震惊不是完全很自然的吗?

这样的日出,从来没有听人说观赏过,连听人谈到过都没有。它同以前处心积虑一意追求看到的不一样,完完全全地不一样。不管在泰山,还是在黄山,我都是静止不动的。太阳虽然动,也只是在一个地方动,她安详自在,慢条斯理,威严端重,不慌不忙。她在我眼中是崇高的化身,是威仪的重现。正像印度大诗人泰戈尔每天早晨对着朝阳沉思默祷那样,太阳在我眼中也是神圣不可侵犯的。

火车上观日出

然而现在却是另一番景象。火车风驰电掣，顷刻数里，一刻也不停。而太阳也是一刻也不停，穷追不舍。她仿佛是率领着白云、朝霞、沧海、苍穹，仿佛率领着她那些如云的随从，追赶着火车，追赶着车上的我，过山，过水，过森林，过小村。有时候我甚至看到她鬓云凌乱，衣冠不整。原来的端庄威严，安详自在，一点影子都没有了。是她在处心积虑，一意追求，追求着火车上的我，一定要我观看她的出现。此时我的心情简直是用任何言语也形容不出来了。

太阳一方面穷追不舍，一方面自己在不停地变幻。最初我只看到在淡红色的云堆中慢慢地涌出了一点红色月牙似的东西。月牙逐渐扩大，扩大，扩大，最初的颜色像是朱砂，眼睛能够直视。但是，随着体积的逐渐扩大，朱砂逐渐变为金黄，光芒越来越亮，到了最后，辉光焜耀，谁要是再想看她，她的光芒就要刺他眼睛了。等到太阳高高升起的时候，她在天空里俯视大地，俯视火车，俯视火车中的我，她又恢复了她那端庄威严、安详自在的神态，虽然是仍然跟着火车走,却再也没有那种仓促急忙的样子了。

　　这短短的车上观日出的经历,对我来说,简直像是一次神秘的天启。它让我暂时离开了尘世,离开了火车,甚至离开了我自己。我体会到变中有不变,不变中又有变;我体会到变化与速度的交互融合,交互影响。这种体会,我是无法说清楚的。等我回到车厢内的时候,人们还在熟睡未醒。我仿佛怀着独得之秘,静静地坐在那里,回想刚才的一切,余味犹甘。一团焜耀的光辉还留在我的心中。

1984 年 10 月 17 日在烟台写初稿,

1992 年 7 月 10 日在北京写定稿

登蓬莱阁

1984年2月20日—24日，《中国大百科全书·语言文字卷》编委会在北京举行第一次会议，编委会成员有：顾问王力、吕叔湘，主任季羡林，副主任周祖谟、许国璋，委员王宗炎、刘涌泉、朱德熙、许宝华、陈原、张志公、张斌、周有光、胡裕树、俞敏、傅懋勣等。同年，季羡林又被聘为中国大百科全书总编委员会委员。

1985年10月，在烟台召开《中国大百科全书·语言文字卷》的最后定稿会议。会后，季羡林与朱德熙、吕叔湘、姜椿芳、周祖谟等人一起登蓬莱阁观海。各界同人正是以大海般的胸怀，凭着蓬莱三山的神气，充溢八仙过海的睿智，坚持四年时间圆满完成了这部鸿篇巨制。

去年,也是在现在这样的深秋时分,我曾来登过一次蓬莱阁。当时颇想写点什么,只是由于印象不深,自己也仿佛没有进入"角色",遂致因循拖延,终于什么也没有写。现在我又来登蓬莱阁了,印象当然比去年深刻得多,自己也好像进入了"角色",看来非写点什么不行了。

蓬莱阁是非常出名的地方,也可以说是"蓬莱大名垂宇宙"吧。我在来到这里以前,大概是受蓬莱三山传说的影响,总幻想这里应该是仙山缥缈,白云缭绕,仙人宫阙隐现云中,是洞天福地,蓬莱仙境,不食人间烟火。至少应该像《西游记》描绘镇元大仙的万寿山那样:

　　高山峻极,大势峥嵘。根接昆仑脉,顶摩霄汉中。白鹤每来栖桧柏,玄猿时复挂藤萝。……麋鹿从花出,青鸾对日鸣。乃是仙山真福地,蓬莱阆苑只如此。

1985年10月,季羡林(右三)与朱德熙(左二)、周祖谟(左三)等人在蓬莱阁合影

然而,眼前看到的却不是这种情况。只不过是一些人间的建筑,错综地排列在一个小山头上。我颇有一些失望之感了。

既然是在人间,当然只能看到人间的建筑。从这个标准来看,蓬莱阁的建筑还是挺不错的:碧瓦红墙,崇楼峻阁,掩映于绿树丛中。这情景也许同我们凡人更接近,比缥缈的仙境更令人赏心悦目。一进入嵌着"丹崖仙境"四个大字的山门,就算是进入了仙境。所谓"丹崖",指的是此地多红石,现在还有四大块红石耸立在一个院子里面。这几块石头不是从别的地方搬来的,而是与大地紧紧地连在一起,原来是大地的一部分,其名贵也许就在这里吧。

进入天后宫的那一层院子, 最引人注目还不是天后的塑像和她那两间精致的绣房中的床铺,而是那一株古老的唐槐。这一棵树据说是铁拐李种下的,它在这仙境里生活了已经一千多年了,虽然还没有"霜皮溜雨四十围,黛色参天二千尺";但是老态龙钟,却又枝叶葱茏,浑身仙风道骨,颇有一点非凡的气概了。我想,一看到这样一棵古树,谁也会引起一些遐思:它目睹过

148

苏公祠

多少朝代的更替,多少风流人物的兴亡,多少度沧海桑田,多少次人事变幻,到现在依然青春永葆,枝干挺秀。如果树也有感想的话,难道它不应该大大地感喟一番吗?我自己却真是感慨系之,大有流连徘徊不忍离去之意了。

回头登上台阶,就是天后宫正殿。正中塑着天后的像,俨然端坐在上面。天后是海神。此地近海,渔民天天同海打交道;大海是神秘难测的,它有波平浪静的一面,但也有波涛汹涌的一面。自古以来,不知道有多少渔民葬身波涛之中。他们迫不得已,只好乞灵于神道,于是就出现了天后。我们南海一带都祭祀天后。在这个端庄美丽的女神后边,不知道包含着多少血泪悲剧啊!在我上面提到的左右两间绣房中,床上的被褥都非常光鲜美丽。据说,天后有一个习惯:她轮流在两间屋子里睡觉。为什么这样?其中定有道理。但这是神仙们的事,我辈凡夫俗子还是以少打听为妙,还是欣赏眼前的景色吧!

到了最后一层院子,才真正到了蓬莱阁。阁并不高,只有两层。过去有诗人咏道:"登上蓬莱阁,伸手把天摸。"显然是有点夸张。但是,一登上二楼,举目北望,海天渺茫,自己也仿佛凌虚御空,相信伸手就能摸到天,觉得这两句诗绝非夸张了。谁到这里都会想到蓬莱三山的传说,也会想到刻在一个院子里两边房墙上的四句话:

　　　　直上蓬莱阁,
　　　　人间第一楼。
　　　　云山千里目,
　　　　海岛四时秋。

　　现在不正是这样子吗？我自己也真感觉到,三山就在眼前,自己身上竟飘飘有些仙气了。

　　多少年来就传说,八仙过海正是从这里出发的。阁上有八仙的画像,各自手中拿着法宝,各显神通,越过大海。八仙中最引人注目的当然是吕洞宾。提起此仙,大大有名。全国许多地方都有关于他的神话传说。据说,吕洞宾并不姓吕。有一天,他同妻子到山洞里去逃难,这两口子住在洞中,相敬如宾,于是他就姓了吕,而名洞宾。这个故事很有趣,但也很离奇,颇难置信。可是,我觉得,这同天后的床铺一样,是神仙们的私事,我辈凡夫俗子还是以少谈为妙,且去欣赏眼前的景色吧!

　　眼前景色是美丽而有趣的。我们在楼上欣赏窗外的景色。楼中间围着桌子摆了许多把古色古香的椅子,正中一把太师椅,据说是吕洞宾坐过的;谁要坐上,谁就长生不老。我们中吕叔湘先生年高德劭,又适姓吕,于是就被大家推举坐上这一把太师椅,大家哄然大笑。我们虔心祷祝吕先生真能长生不老!

在这楼上,人人看八仙,人人说八仙,人人听八仙,人人不信八仙,八仙确实是太渺茫无稽了。但是,从这里能看到海市蜃楼却是真实的。我从前从许多书上,从许多人的嘴里读到、听到过海市的情景,心向往之久矣。只是海市极难看到。宋朝的大文学家苏轼,曾在登州做过五天的知府。他写过一首诗,叫作《登州海市》,还有一篇短短的序言,我现在抄一下:

予闻登州海市旧矣。父老云:"尝出于春夏,今岁晚,不复见矣。"予到官五日而去,以不见为恨,祷于海神广德王之庙,明日见焉,乃作此诗。

东方云海空复空,群仙出没空明中。

荡摇浮世生万象,岂有贝阙藏珠宫。

心知所见皆幻影,敢以耳目烦神工。

岁寒水冷天地闭,为我起蛰鞭鱼龙。

重楼翠阜出霜晓,异事惊倒百岁翁。

人间所得容力取,世外无物谁为雄。

率然有请不我拒,信我人厄非天穷。

潮阳太守南迁归,喜见石廪堆祝融。

自言正直动山鬼,岂知造物哀龙钟。

伸眉一笑岂易得,神之报汝亦已丰。

斜阳万里孤鸟没,但见碧海磨青铜。

新诗绮语亦安用,相与变灭随东风。

在这里，苏东坡自己说，祷祝成功，海市出现。但是，给我们导游的那个小姑娘却说，苏轼大概没有看到海市；因为他待的时间很短，而且是岁暮天寒之际。究竟相信谁的话呢？我有点怀疑，苏轼是故弄玄虚，英雄欺人。他可能是受了韩愈祝祷衡山的影响："潜心默祷若有应，岂非正直能感通。须臾静扫众峰出，仰见突兀撑青空。"他的遭遇同韩文公差不多，他们俩都认为自己是"正直"的。韩文公能祝祷成功(实际上也未必)，为什么自己就不行呢？于是就写了这样一首诗，写得有鼻子有眼，仿佛亲眼看到一般。但是，这只是我个人的怀疑。又焉知苏轼的祝祷不会适与天变偶合，海市在不应该出现的时候出现了呢？我实在说不清楚。古人的事情今人实在难以判断啊！反正登州人民并不关心这一切，尽管苏轼只在这里待了五天，他们还是在蓬莱阁上给他立庙塑像，把他的书法刻在石头上，以垂永久。苏轼在天有灵，当然会感到快慰吧。

　　我们游遍了蓬莱阁，抚今追昔，幻想迷离。八仙的传说，渺矣，茫矣。海市蜃楼又急切不能看到，我心里感到无名的空虚。在我内心的深处，我还是执着地希望，在蓬莱阁附近的某一个海中真有那么一个蓬莱三山。谁都知道，在大自然中确实没有三山的地位。但是，在我的想象中，我宁愿给蓬莱三山留下一个位置。"山在虚无缥缈间"，就让这三山同海市蜃楼一样，在虚无缥缈间永远存在下去吧，至少在我的心中。

1985年10月26日写毕

海上世界

1985 年 10 月 11 日，季羡林参加在深圳召开的中国比较文学学会成立大会暨首届国际学术讨论会，被选为名誉会长，并致闭幕词，强调只有把东方文学真正纳入比较文学的研究范围，才能开阔视野。开会期间，季羡林被安排住在一艘名为"海上世界"的豪华游轮里。"海上世界"是我国改革开放光辉历程的有力见证，是经济发达、国力强盛的一个明显缩影。20 世纪 80 年代中叶，我国改革开放正如火如荼地展开，季羡林来此游览自然是心潮澎湃、感慨良多。

眼前是一片弥漫天际的黑暗,只是在这里、那里有大小不同的灯火,一点点,一束束,一簇簇,在黑暗中闪着光。有的灯火还拖着一条长长的尾巴,在水面上摇曳、动荡。在眼睛能看到的最远的地方,黑暗更加浓缩起来。可是在浓缩的黑暗的边缘下面,却有一串长达几十里的灯光组成的珍珠项链,颗颗珍珠,熠熠发光,从左到右,伸展出去,仿佛无头无尾。

我是在什么地方呢?是天上?是人间?是海上?是陆地?我不知道,我说不出,我也没有去细想。

难道我是在印度的孟买吗?七八年以前,我曾在这个城市里待过几天。我曾有几次在夜间乘车出游,沿着孟买海湾弧形的岸边兜风。我看到了举世闻名的、孟买人引以自傲的"公主项链",是一长串电灯,沿着海岸,形成弧形,远远望去,光芒四射,真仿佛是有什么神灵从九天之上把这样一串硕大无比的珍珠项链丢到这个大地上,丢到了孟买,形成了这样一个宇宙奇观。

那一串灯光形成的"珍珠项链"

孟买是世界名城,一方面有近代大都市的一些特点,颇有点像中国的上海;另一方面又保留了印度的一些古旧风习。在摩天高楼之间,在一棵什么古树的下面,往往站着一座神像,赤身露体,呲牙咧嘴,红色的鲜血似的东西洒满了他(她)的全身,脖子上也不缺少鲜花制成的花环。我们异乡人看了只能瞠目结舌。在有名的印度门旁边,在车水马龙的大马路边上,成群的鸽子在喧闹、嬉戏、搏斗、争食,小孩子迈着还走不全的步子把玉米粒递到小鸽子嘴里,我们异乡人顾而乐之……

我完全沉浸在对孟买的回忆中。猛一转念,我清醒过来了:我眼前不是在印度的孟买,而是在祖国的大地上,是在南天的深圳。我正凭栏站在一艘几万吨的巨轮的甲板上。下面在很深的地方,是黝黑的海水。偶尔流过来一线灯光,还隐约可以看到流动着的海水的波纹。这情景明白无误地告诉我,我确实是站在一艘船上。

提起此船,大大地有名。据说它原来是法国已故总统戴高乐的豪华游轮。不知道怎么一来,转到我们中国人民手中。它曾作为中日友好之船,漂洋过海,到过日本,为加强中日人民的友谊做出过贡献。又不知道怎么一来,它现在被固定在蛇口的岸边,成了一个豪华的旅馆,不再漂动,岿然立定。船上数不清有多少房间。我没有到过阿房宫;我相信,那一座宫殿也绝不会同这个"海上世界"相同。但是,当我第一次游览这个庞然大物的时候,我时时想到唐杜牧的《阿房宫赋》,"蜂房水涡,矗不知其几千万落","高低冥迷,不知西东。歌台暖响,春光融融"等等的句子,难道不能移来描绘这个千门万户的豪华巨轮吗?这里还有一些东西是阿房宫里绝不会有的,比如说船上游泳池养着的那两只巨大的海龟,就是非常有趣的东西,我每次看到它们在水里游动,辄涉遐想。

我现在就住在这样一座巨大的迷宫里。每天晚上,在深圳大学开完会吃过晚饭以后,我就乘车返回这里,站在甲板上,一个人默默地欣赏着迷蒙的夜色,往往站上很长的时间。最让我流连不忍离去的就是上面提到的那一串灯光形成的珍珠项链,对它我简直是百看不厌。它能引起我的种种幻想:深山大泽,通衢闹市,天上地下,海阔天空。我的幻想仿佛插上了翅膀,到处飞翔,无所不往,无阻无碍,圆融自在。

我也努力在黑暗中辨认白天到过的地方。在右边的某一个山影的后面,大概就是深圳大学吧。我现在当然什么东西都看不见。但是,我内心深处的那一双眼睛却仿佛看到了深大的校园。现在在北国正是凄清萧瑟的初冬季节,这里依然还是盛夏。在炎阳下,各种颜色的鲜花迎风怒放,开得五色缤纷,花团锦簇。这里也像小说中的仙山一样,有"四时不谢之花,八节长春之草"。年轻的大学生们也像是一朵朵的鲜花,在鲜花丛中走来走去,怡然自得,仿佛要同鲜花比美。女学生的高跟鞋击地作响,男学生的牛仔裤别具一格。不管是男是女,都是高视阔步,一副主宰宇宙的神气。他们心目中的宇宙大概就像眼前的鲜花一样绚丽多彩吧。他们是我们的未来,他们是我们的希望,他们是我们建设社会主义祖国的主将。我真是从心里面喜欢这一些男女大孩子们。我的眼前一闪,这些男女大孩子身上都仿佛发出了光芒,同眼前的珍珠项链争光夺彩,不,他们简直就形成了这一长串的珍珠项链了。

我立刻又联想到了在深圳大学的一个大厅里举行的比较文学讨论会。参加讨论会的有许多国外著名的学者,也有国内著名的学者;群贤毕至,少长咸集;看来中年青年人占绝大多数。红颜白发,相映成趣。会议开得活泼、热烈,大家皆大欢喜。比较文学在中国是一门新兴学科。这一批中年青年人英姿勃发,精神抖擞,可以说是极一时之选。我们在他们身上看到了这一门学科的光辉前景。我的眼前一闪,这一批中青年身上也仿佛发出了光芒,闪烁辉耀,灿如列星。他们也在同我眼前的这一串珍珠项链争光夺彩了。

我就这样站在这艘巨轮的甲板上,在黑暗中浮想联翩,有时候简直是想入非非。我眼前的这一串珍珠项链突然亮了起来,海上世界这一艘豪华的庞然大物仿佛开动了机器,驶离了岸边,驶向那一串珍珠项链;在黑暗的海上,在迷蒙的夜空下,载着我们的希望,载着我们的未来,它真成为一个名副其实的海上世界了。

1985 年 12 月 17 日

游石钟山记

1986年暑假,季羡林在过七十五岁生日期间,在外孙二泓的陪伴下赴庐山休息两周,又游览了石钟山。8月6日,季羡林在生日当天写了《游石钟山记》和《登庐山》两篇文章。一日著两文,足见老人家摇起笔娓娓道来,文思如泉涌,光华四射,一发而不可收。《游石钟山记》虽然只有千余字,却是一篇优美的散文游记作品。本文遣词造句优美隽秀,多用四字句,讲求韵律,朗朗上口,如诗如画,充分体现了季羡林散文创作"惨淡经营"的特色。通过对石钟山自然景色、碑刻题咏、历史经历的描写,季羡林讴歌了祖国的锦绣江山,抒发了自己真挚的爱国情怀。

幼时读苏东坡《石钟山记》,爱其文章奇诡,绘声绘色,大为钦佩,爱不释手,往复诵读,至今犹能背诵,只字不遗。但是,我从来也没有敢梦想,自己能够亲履其地。今天竟能于无意中来到这里,真正像做梦一般,用金圣叹的笔调来表达,就是"岂不快哉"!

　　石钟山海拔只有 50 多米,摆在巍峨的庐山旁边,实在是小巫见大巫。但是,山上的建筑却很有特点,在非常有限的地面上,"五步一楼,十步一阁;廊腰缦回,檐牙高啄;各抱地势,钩心斗角"。今天又修饰得金碧辉煌,美轮美奂。从山下向上爬,显得十分复杂。从怀苏亭起,步步高升,层楼重阁,小院回廊,花圃清池,佛殿明堂,绿树奇花,翠竹修篁,通幽曲径,花木禅房,处处逸致可掬,令人难忘。

　　这里的碑刻特别多,几乎所有的石头上都镌刻着大小不同字体不同的字。苏轼、黄庭坚、郑板桥、彭玉麟等等,还有不知多少书法家或非名家都在

石钟山风光

这里留下了手迹。名人的题咏更是多得惊人,从南北朝到清代,名人咏石钟山之诗多达七百多首。从陶渊明、谢灵运起直至孟浩然、李白、钱起、白居易、王安石、苏轼、黄庭坚、文天祥、朱元璋、刘基、王守仁、王渔洋、袁才子、蒋士铨、彭玉麟等等都有题咏。到了此地,回忆起将近两千年来的文人学士,在此流连忘返,流风余韵,真想发思古之幽情。

此地据鄱阳湖与长江的汇流处,是历代兵家必争之地,在中国历史上经历几次激烈鏖兵。一晃眼,仿佛就能看到舳舻蔽天、烟尘匝地的景象。然而如今战火久息,只余下山色湖光辉耀祖国大地了。

我站在临水的绝壁上,下临不测,碧波茫茫。抬眼就能看到赣、皖、鄂三个省份,云山迷蒙,一片锦绣山河。低头能够看到江湖汇流,扬子江之黄与鄱阳湖之绿,泾渭分明,界线清晰,并肩齐流,一泻无余,各自保持着自己的颜色,决不相混,长达数十里。"楚江万顷庭阶下,庐阜诸峰几席间",难道不能算是宇宙奇迹?我于此时此地极目楚天,心旷神怡,仿佛能与天地共长久,与宇宙共呼吸,不由得心潮澎湃,浮想不已。我想到自己的祖国,想到自己的民族。我们的祖先在这里勤奋劳动,繁衍生息,如今创造了这样的锦绣山河万里。不管我们目前还有多少困难与问题,终究会一一解决,这一点我深信不疑。我真有点手舞足蹈,不知老之将至了。这一段经历我将永远记忆。

我游石钟山时,根本没想写什么东西。有东坡流传千古的名篇在,我是何人,敢在江边卖水,圣人门前卖字!但是在游览过程中,心情激动,不能自已,必欲一吐为快,就顺手写了这一篇东西。如果说还有什么遗憾的话,那就是我没有能在这里住上一夜,像苏东坡那样,在月明之际亲乘一叶扁舟,到万丈绝壁之下,亲眼看一看"如猛兽奇鬼,森然遇搏人"的巨石,亲耳听一听"噌吰如钟鼓不绝"的声音。我就是抱着这种遗憾的心情,一步三回首,离开了石钟山。我嘴里低低地念着不知道是什么时候在我心中吟成的两句诗:"待到耄耋日,再来拜名山。"我看到石钟山的影子渐小渐淡,终于隐没在江湖混茫的雾气中。

1986 年 8 月 6 日七十五岁生日写于庐山九奇峰下

登庐山

《登庐山》是一首响彻长空的绿色生命的凯歌。

在季羡林眼前，整个宇宙仿佛沉浸在一片浓绿之中；在季羡林心中，他的肉体和灵魂也沉浸在一片浓绿之中；在季羡林笔下，象征生命力的绿，成了庐山的精神与灵魂，庐山被写活了，而他的不泯之童心也彻里彻外地被绿化了，使其身心不老，精神不老，灵魂不老，永葆旺盛的青春活力……

苍松翠柏,层层叠叠,从山麓向上猛奔,气势磅礴,压山欲倒,整个宇宙仿佛沉浸在一片浓绿之中。原来这就是庐山啊!

汽车沿着盘山公路,在万绿丛中盘旋而上。我一边仿佛为这神奇的绿色所制服,一边嘴里哼着苏东坡那一首脍炙人口的诗:

> 横看成岭侧成峰,
>
> 远近高低各不同。
>
> 不识庐山真面目,
>
> 只缘身在此山中。

我很后悔,在年轻读中国小学的时候,学习马虎,对岭与峰的细微区别没有弄清楚。到了此时,悔之晚矣。无论横看,还是侧看,我都弄不明白苏东

庐山风光

坡用意之所在。我只觉得，苏东坡没有搔着痒处，没有真正抓住庐山的神韵，没有抓住庐山的灵魂，空留下这一首传诵古今的名篇。

到了我们的住处以后，天色已经黄昏。窗外松涛澎湃，山风猎猎，鸟鸣在耳，蝉声响彻，九奇峰朦胧耸立，天上有一弯新月。我耳朵里听到的是松声，眼睛仿佛看到了绿色。我在庐山的第一夜，做了一个绿色的梦。

中国的名山胜境，我游得不多。五十年前，我在大学毕业后，改行当了高中的国文教员。虽然为人师表，却只有二十三岁。在学生眼中，我大概只能算是一个大孩子。有一个学生含笑对我说："我比你还大五岁哩！老师！"这有什么办法呢？我当时童心未泯，颇好游玩。曾同几个同事登泰山，没费吹灰之力就登上了南天门。在一个鸡毛小店里住了一夜，第二天凌晨攀登玉皇顶，想看日出。适逢浮云蔽天，等看到太阳时，它已经升得老高了。我们从后山黑龙潭下山，一路饱览山色，颇有一点"一览众山小"的情趣。泰山给我留下了非常深刻的印象。从审美的角度上来评断，我想用两个字来概括泰山，这就是：雄伟。

六年以前，我游了黄山。从前山温泉向上攀，经过了许多名胜古迹，什么一线天、蓬莱三岛等，下午三时到了玉屏楼。回望天都峰鲫鱼背，如悬天半。在玉屏楼住了一夜，第二天再向北海前进。一路上又饱览了数不清的名胜古迹。在北海住了两夜，看到了著名的黄山云海和奇峰怪石。世之论者认为黄山以古松胜，以云海胜，以奇峰胜，以怪石胜。古人说："五岳归来不看山，黄山归来不看岳。"这是非常有见地的话。从审美的角度来评断，我也想用这两个字来概括黄山，这就是：诡奇。

那一次陪我游黄山的是小泓，我们祖孙二人始终走在一起。他很善于记黄山那一些稀奇古怪的名胜的名字，我则老朽昏庸，转眼就忘，时时需要他的提醒和纠正。当时日子过得似乎平平常常，并没有觉得有什么奇妙之处，有什么值得怀念之处。但是，前几年我到安徽合肥去开会，又有游黄山的机会，我原本想再去黄山的。可是，我忽然怀念起小泓来，他已在千山万水浩渺大洋之外了。我顿时觉得，那一次游黄山，日子过得不细致，有点马马虎虎，颇有一点身在福中不知福的味道。如今回忆起来，情景历历如在眼前。哪怕是极小的生活细节，也无一不温馨可爱，到了今天，宛如一梦，那些情景永远永远不会再回来了。我觉得，再游黄山，谁也代替不了小泓。经过了反复的考虑，我决意不再到黄山去了。

今天我来到了庐山，陪我来的是二泓。在离开北京的时候，我曾下定决心，在庐山，日子一定要仔仔细细地过，认真在意地过，把每一个细微末节，每一分钟，每一秒钟，都要仔细玩味，决不能马马虎虎，免得再像游黄山那样，日后追悔不及。我也确实这样做了。正像小泓一样，二泓也是跟我形影不离。几天以来，我们几乎游遍整个庐山。茂林修竹，大陵深涧，岩洞石穴，飞瀑名泉。他扶着我，有时候简直是扛着我，到处游观。我觉得，这一次确实是仔仔细细地过日子了，一点也没有敢疏忽大意。对一草一木，一山一石，变幻莫测的白云，流动不息的飞瀑，我都全心全意地把整个灵魂放在上面。我只希望，到得庐山之游成为回忆时，我不再追悔。是否真正能做到这一步，我眼前还不敢夸下海口，只有等将来的事实来验证了。

庐山千姿百态，很难用一个字或几个字来概括。但是，总起来说，庐山给我的印象同泰山和黄山迥乎不同。在这里，不管是远山，还是近岭，无不长满

"飞流直下三千尺"

了松柏。杉树更是特别郁郁葱葱,尖尖的树顶直刺云天。目光所到之处,总是绿,绿,绿,几乎看不到任何别的颜色,是一片浓绿的天地,一片浓绿的大洋。从审美的角度来看,我也想用两个字来概括庐山,这就是:秀润。

我觉得,绿是庐山的精神,绿是庐山的灵魂,没有绿就没有庐山。绿是有层次的。有时候蓦地白云从谷中升起,把苍松翠柏都笼罩起来,笼罩得迷蒙一片,此时浓绿就转成了青色,更给人以秀润之感,可惜东坡翁当年没能抓住庐山这个特点,因而没有能认识庐山的真面目,成为千古憾事。我曾在含鄱口远眺时信口写一七绝:

近浓远淡绿重重,
峰横岭斜青蒙蒙。
识得庐山真面目,
只缘身在此山中。

我自谓抓住了庐山的精神,抓住了庐山的灵魂。庐山有灵,不知以为然否?

1986年8月6日于庐山

172

法

门

寺

法门寺位于陕西省扶风县城北 10 千米处的法门镇，东距西安市 110 千米，西距宝鸡市 90 千米，始建于东汉末年桓灵年间，距今有一千七百多年历史，有"关中塔庙始祖"之称。法门寺在周魏以前称作"阿育王寺"，隋改称"成实道场"，唐初改名"法门寺"，被誉为"皇家寺庙"。贞观五年（公元 631 年），太宗准奏开启塔基奉佛并修复塔寺。高宗、中宗、睿宗、武后等每隔三十年开启一次法门寺地宫，迎佛指舍利于长安、洛阳皇宫，以作供养。明朝隆庆三年（公元 1569 年），法门寺四级木塔崩塌。从万历七年（公元 1579 年）起，历时三十年修成了十三级宝塔。可是，由于年深日久，自然的破坏力是无法抗御的。1981 年初秋，一场暴风雨给四百余年前修建的法门寺塔带来了灾难。8 月 24 日 10 时 24 分，随着一声巨响，十三级砖塔塌了一半，仅余一半残塔尚立在砖砾之上。1987 年 2 月底，宝塔重修。适逢四月初八佛诞日，在沉寂了千余年之后，2499 件大唐国宝重器，簇拥着佛祖真身指骨舍利重回人间！5 月 29 日，陕西省人民政府召开了由全国佛学界、历史学界、考古学界知名人士和学者参加的法门寺文物评审会。季羡林与赵朴初、史树青、周绍良、宿白、王仲殊、任继愈、张政烺等人前来参加了评审会。

法门寺，多么熟悉的名字啊！京剧有一出戏，就叫作《法门寺》。其中有两个角色，让人永远忘记不了：一个是太监刘瑾，一个是他的随从贾桂。刘瑾气焰万丈，炙手可热。他那种小人得志的情态，在戏剧中表现得惟妙惟肖，淋漓尽致，是京剧中最著名的人物之一。贾桂则是奴颜婢膝、一副小人阿谀奉承的奴才相。他的"知名度"甚至高过刘瑾，几乎是妇孺皆知。"贾桂思想"这个词儿至今流传。

　　我曾多次看《法门寺》这一出戏，我非常欣赏演员们的表演艺术。但是，我从来也没想研究究竟有没有法门寺这样一个地方，它坐落在何州何县。这样的问题好像跟我风马牛不相及，根本不存在似的。

　　然而，我何曾料到，自己今天竟然来到了法门寺，而且还同一件极其重要的考古发现联系在一起了。

　　这一座寺院距离陕西扶风县有八九里路，处在一个比较偏僻的农村中。

法门寺

我们来的时候，正落着蒙蒙细雨。据说这雨已经下了几天。快要收割的麦子湿漉漉的，流露出一种垂头丧气的神情。但是在中国比较稀见的大棵大朵的月季花却开得五颜六色，绚丽多姿，告诉我们春天还没有完全过去，夏天刚刚来临。寺院还在修葺，大殿已经修好，彩绘一新，鲜艳夺目。但是整个寺院却还是一片断壁残垣，显得破破烂烂。地上全是泥泞，根本没法走路。工人们搬来了宝塔倒掉留下来的巨大的砖头，硬是在泥水中垫出一条路来。我们这一群从北京来的秀才们小心翼翼，战战兢兢地踏着砖头，左歪右斜地走到了一个原来有一座十三层的宝塔而今完全倒掉的地方。

这样一个地方有什么可看的呢？千里迢迢从北京赶来这里难道就是为了看这一座破庙吗？事情当然不会这样简单。这一座法门寺在唐代真是大大地有名，它是皇家烧香礼佛的地方。这一座宝塔建自唐代，中间屡经修葺。但是在一千多年的漫长的时间内，年深日久，自然的破坏力是无法抗御的，终于在前几年倒塌了。我们现在看到的就是倒塌后的样子。

倒塌本身按理说也用不着大惊小怪。但是，倒塌以后，下面就露出了地宫。打开地宫，一方面似乎是出人意料，另一方面又似乎是在意料之内，在这

1987年4月发掘出的法门寺地宫遗址

里发现了大量异常珍贵的古代遗物。遗物真可以说是丰富多彩，琳琅满目，其中有金银器皿、玻璃器皿、茶碾子、丝织品。据说，地宫初启时，一千多年以前的金器，金光闪闪，光辉夺目，参加发掘的人为之吃惊，为之振奋。最引人瞩目的是秘色瓷。实物还从来没有看到过。另外根据刻在石碑上的账簿，丝织品中有中国历史上唯一的一位女皇武则天的裙子。因为丝织品都粘在一起，还没有能打开看一看，这一条简直是充满了神话色彩的裙子究竟是什么样子。

但是，真正引起轰动的还是如来佛释迦牟尼的真身舍利。世界上已经发现的舍利为数极多，我国也有不少。但是，那些舍利都是如来佛遗体焚化后留下来的。这一个如来佛指骨舍利却出自他的肉身，在世界上从来没有过。我不是佛教信徒，不想去探索考证。但是，这个指骨舍利在十三层宝塔下面已经埋藏了一千多年，只是它这一把子年纪不就能让我们肃然起敬吗？何况它还同中国历史上和文学史上的一段公案紧密地联系在一起呢！唐朝大文学家韩愈有一篇著名的文章《论佛骨表》。千百年来，读过这篇文章的人恐怕有千百万。我自己年幼时也曾读过，至今尚能背诵。但是，我从来也没有想到，唐宪宗"令群僧迎佛骨于凤翔"的佛骨竟然还存在于宇宙间，而且现在就在我们眼前，我原以为是神话的东西就保存在我们现在来看的地宫里，虚无缥缈的神话一下子变为现实。它将在全世界引起多么大的轰动，目前还无法预料。这一阵"佛骨旋风"会以雷霆万钧之力扫过佛教世界，这一点是肯定无疑的了。

我曾多次来过西安，我也曾多次感觉到过，而且说出来过：西安是一块宝地。在这里，中国古代文化仿佛阳光空气一般，弥漫城中。唐代著名诗人的那些名篇名句，很多都与西安有牵连。谁看到灞桥、渭水等等的名字不会立即神

法门寺地宫共发现四枚佛指舍利,图为
安置第四枚佛指舍利的阿育王塔

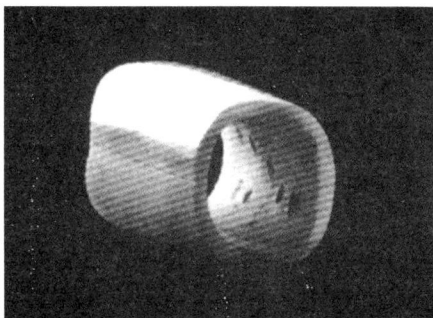

法门寺首枚佛指舍利骨腔内的北斗七星座

往盛唐呢？谁走过丈八沟、乐游原这样的地方不会立即想到杜甫、李商隐的名篇呢？这里到处是诗，美妙的诗；这里到处是梦，神奇的梦；这里是一个诗和梦的世界。如今又出现了如来真身舍利，它将给这个诗和梦的世界涂上一层神光，使它同西天净土、三千大千世界联系在一起，生为西安人，生为陕西人，生为中国人有福了。

从神话回到现实。我们这一群北京秀才们是应邀来鉴定新出土的奇宝的。对我们这些凡夫俗子来说，如来真身舍利渺矣茫矣。对每一个中国人来说，古代灿烂的文化遗物却是活生生的现实。即使对于神话不感兴趣的普通老百姓，对现实却是感兴趣的。现在法门寺已经严密封锁，一般人不容易进来。但是，老百姓却有自己的想法，有自己的价值观。我曾在大街上和飞机场上碰到过一些好奇的老百姓。在大街上，两位中年人满面堆笑，走了过来：

"你是从北京来的吗？"

"是的。"

"你是来鉴定如来佛的舍利吗？"

"是的。"

"听说你们挖出了一地窖金子？！"

对这样的"热心人"，我能回答些什么呢？

在飞机上五六个年轻人一下子拥了上来：

"你们不是从北京来的吗？"

"是的。"

"听说，你们看到的那几段佛骨，价钱可以顶得上三个香港？！"

多么奇妙的联想,又是多么天真的想法。让我关在屋子里想一辈子也想不出来。无论如何,这表示,西安的老百姓已经普遍地注意到如来真身舍利的出现这一件事,街头巷尾,高谈阔论,沸沸扬扬,满城都说佛舍利了。

外国朋友怎样呢?他们的好奇心,他们的轰动,绝不亚于中国的老百姓。在新闻发布会上,一位日本什么报的记者抢过扩音器,发出了连珠炮似的问题:"这个指骨舍利是如来佛哪一只手上的呢?是左手,还是右手?是哪一个指头上的呢?是拇指,还是小指?"我们这一些"答辩者",谁也回答不出来。其他外国记者都争着想提问,但是这一位日本朋友却抓紧了扩音器,死不放手。我绝不敢认为,他的问题提得幼稚、可笑。对一个信仰佛教又是记者的人来说,他提问题是非常认真严肃的,又是十分虔诚的。据我了解到的,现在世界上许多国家,特别是日本、印度,以及南亚和东南亚佛教国家,都纷纷议论西安的真身舍利。这个消息像燎原的大火一样,已经熊熊燃烧起来了,行将见"西安热"又将热遍全球了。

就这样,我在细雨霏霏中,一边参观法门寺,一边心潮起伏,浮想联翩。多年来没有背诵的《论佛骨表》硬是从遗忘中挤了出来,我不由得一字一句暗暗背诵。同时我还背诵着:

一封朝奏九重天,

夕贬潮州路八千。

欲为圣明除弊事,

肯将衰朽惜残年。

云横秦岭家何在？

雪拥蓝关马不前。

知汝远来应有意，

好收吾骨瘴江边。

　　韩愈因谏迎佛骨，遭到贬逐，他的侄孙韩湘来看他，他写了这一首诗。我没有到过秦岭，更没有见过蓝关，我却仿佛看到了一个孤苦伶仃的老人，忠君遭贬，我不禁感到一阵凄凉。此时月季花在雨中别具风韵，法门寺的红墙另有异彩。我幻想，再过三五年，等到法门寺修复完毕，十三级宝塔重新矗立之时，此时冷落僻远的法门寺前，将是车水马龙，摩肩接踵，与秦俑馆媲美了。

1987年8月20日

虎门炮台

1988年5月26日—30日,季羡林赴中山大学出席"纪念陈寅恪教授国际研讨会",在大会上做主题报告并致闭幕词。出席会议的有国内知名学者刘大年等及来自日本、美国的学者共七十余人。中山大学陈寅恪教授纪念室同时揭幕。5月30日,季羡林参观了虎门炮台,写了这篇文章。

　　在文章中,季羡林说时间是一种十分古怪的东西,它能让人在时间的流逝中慢慢地渐渐地忘掉忧伤和欢乐,"这一慢一渐,既可感,又可怕,人们必须警惕"。这话说得多么浅显易懂,入情入理啊! 然而,季羡林的用意和主旨在于:"独有英雄业绩、民族正气,才能让你永志不忘,而且历久弥新。这才真正是民族历史的脊梁,一个民族能生存下去,靠的就是这个脊梁。"

从小学起,学中国历史,就知道有一次鸦片战争,而鸦片战争必与林则徐相联系,而林则徐又必与虎门炮台相联系。

　　因此,虎门炮台就在我脑筋里生了根。

　　可是虎门炮台究竟是什么样子呢?我说不出。正如世界上其他事物一样,倘还没见到实物,往往以幻想填充。我的幻想并不特别有力,它填充给我的不过是一片荒凉的海滩,一个有雉堞的小城堡,上面孤零零地架着一尊旧式的生铁铸成的大炮,前面是大海,汪洋浩瀚,水天渺茫,微风乍起,浊浪拍岸,如此而已。

　　今天由于一个偶然的机会,我竟然来到了这里。我眼前看到的实际情况与我的幻想不同,这是意中事,我丝毫不感到奇怪。但是,这个不同竟然是这样大,却不能不使我大吃一惊了。炮台在海滩上,这用不着奇怪,也不可能有别的可能。但是,这海滩却与荒凉丝毫也不沾边,却是始料所不及。这里杂花

虎门炮台

生树,绿木成荫。几棵粗大的榕树挺立着,浓荫匝地,绿意扑人。从树干的粗细来看,它们已经很老很老了。当年海战时,它们必已经站立在这里,亲眼看了这一场激烈的搏斗。它们必然也随着搏斗的进行,时而欢欣鼓舞,时而怒发冲冠,最终一切寂静下来。当年活着的人早已不在了,只有它们年复一年地守候在这里,跟着季节的变化而变化,一直守候到现在。现在到处是一片生机,一片浓绿,雉堞犹存,大炮还在,可无论如何也令人无法把当前情况与一百五十多年以前的残酷的战争联系在一起。这个古战场我实在无法凭吊了。

可是我的回忆还是清楚的。当年外国的侵略者凭其坚船利炮,想在这一块弹丸之地的海滩上踏上我们神圣的国土。他们挥舞刀枪,惨杀我们的士兵。我们的士兵义愤填膺,奋起抵抗,让一批批的入侵者陈尸滩头,最后不得不夹着尾巴逃掉。我们的士兵也伤亡惨重。统率我军杀敌的关天培将军以身殉国。至今还有七十五位忠勇将士的尸体合葬在山坡上,让后人永远凭吊。当时林则徐以钦差大臣的身份在后面不远的山头督战。这一场搏斗申正义于海隅,振大汉之天声,是我们中华民族永不磨灭的伟业,是我们全民族的

林则徐塑像

骄傲。今天虽然已经时过境迁,当年的事情早已成为历史陈迹,然而我们今天来到这里,又有哪一个人不觉得我们阵亡的将士仍虎虎有生气,而缅怀往事,不感到无限振奋呢?

当我们走出炮台去参观林则徐销毁鸦片烟池的时候, 我们又为另一种情景而无限振奋。林则徐把从殖民主义强盗手中没收来的二百多万公斤之多的鸦片烟,倒入一个大水池中,先用海水把鸦片泡成糊状,然后再倾入石灰,借石灰的力量把鸦片烟销毁,最后放出海水把残渣冲入海中。据说,他当时邀请了不少的外国人来参观。外国老爷大概怀疑这销烟的行动,也乐意来亲眼看一看。当他们看到林则徐是真销毁,而销毁的数量又是如此巨大时,都大为吃惊。他们哪会想到,在清代末叶贪官污吏横行霸道之时,竟然还有林则徐这样的硬骨头,他们对中华民族不得不油然起尊敬之心。那么,林则徐以一介书生,凛然代表了民族正气,功业彪炳青史,直至一百多年之后的今天,还让我们感佩敬仰,不是完全可以理解的吗?

时间是一种非常古怪的东西。有忧伤之事,它能让你慢慢地渐渐地忘掉,否则你会活不下去的。有欢乐之事,它也能让你慢慢地渐渐地忘掉,否则永远处在快乐兴奋之中,血压也难免升高,你也会活不下去的。这一慢一渐,既可感,又可怕,人们必须警惕。独有英雄业绩、民族正气,才能让你永志不忘,而且历久弥新。这才真正是民族历史的脊梁,一个民族能生存下去,靠的就是这个脊梁。我们在山顶上林则徐的塑像下看到镌刻着的他的两句诗:

苟利国家生死以,

岂因祸福避趋之。.

真可以说是掷地作金石声。这一位时间巨人的形象在我眼前立刻更高大了起来,他不是值得我们全体炎黄子孙恭恭敬敬地、诚诚恳恳地学习一辈子吗?

1988年5月30日下午于广州

188

洛阳牡丹

早在 1987 年 6 月,北京大学洛阳校友分会成立。当时,在洛阳的北大毕业生中有几位是考古或古汉语专业的,他们与季老认识,于是促成了那次洛阳之行。季羡林来洛阳,一是为了祝贺洛阳校友分会成立,二是想来看看洛阳的名胜古迹。虽说之前他曾游览过白马寺、龙门石窟等,但这次仍然显得非常激动。据陪同人员说,季老虽是国学大师,但待人平和,因而大家对他礼遇有加但未过分敬畏。季老在洛阳的几天十分放松,玩得也很开心。也许正是基于对那次洛阳之行的满意,1991 年 4 月,在北京大学洛阳校友分会的再次邀请下,季羡林又来到牡丹盛开的洛阳城。

"洛阳牡丹甲天下"这一句在中国流行了千百年的话,我是相信的,我是承认的。但是,我以前从没有意识到,这一句话的真正含义,自己并没有完全了解。

牡丹,我看得多了。在我的故乡,我看到过。在北京的许多地方,特别是法源寺和颐和园,我也看到过。牡丹花朵之大、之美,花色品种之多,确实使我惊诧不已。我觉得,唐人咏牡丹的名句"国色朝酣酒,天香夜染衣"约略可以概括。牡丹被尊为花中之王,是当之无愧的。

但是,什么叫"国色"? 什么又叫"天香"? 我的理解介乎明暗之间。

今年 4 月中旬,应洛阳北京大学校友会的邀请,我第一次到了洛阳这座"牡丹之城"。此时正是洛阳牡丹花会举行期间。今年因为气候偏冷,我们初到的第一天,连大马路旁开得最早的"洛阳红",都没有全开放。焉知天公作美,到了第二天竟然晴空万里,阳光普照。仿佛那一位大名鼎鼎的金轮圣神

洛阳牡丹

皇帝武则天又突然降临人间,下诏牡丹在一夜之间必须开放,不但"洛阳红"开得火红火红,连公园里那些比较名贵的品种也都从梦中醒来一般,打起精神,迎着朝阳,一一开放。

我们当然都不禁狂喜。在感谢天公之余,在忙着参观白马寺、少林寺、中岳庙和龙门石窟之余,挤出了早晨的时间,来到了牡丹最集中的地方王城公园,欣赏"甲天下"的洛阳牡丹。不看不知道,一看吓一跳。洛阳牡丹原来是这个样子呀!光看花名,就是几十上百种,个个美妙非凡,诗意盎然,我记也记不住。花的形体和颜色也各不相同。直看得我眼花缭乱,目迷五色。我想到神话里面的百花仙子,我想到《聊斋志异》里面的变成美女的牡丹花神,一时搔首无言,不知道要说什么好。昨天夜里,我想到今天要来看牡丹,想了半天,把我脑海里积累了几十年的词藻宝库,翻箱倒柜,穷搜苦索,想今天面对洛阳牡丹大展文才,把牡丹好好地描绘一番。我真希望我的笔能够生花,产生奇迹,写出一篇名文,使天下震惊。然而,到了此时此地,面对着迎风怒放的牡丹,却一点词儿也没有了,我的"才"耗尽了,一点儿也挤不出来了。我想,坐对这样的牡丹,对画家来说,名花的意态是画不出来的;对摄影家来说,是照不出来的;对作家来说,是写不出来的。我什么家都不是,更是手足无措了。

《五色牡丹图》 [清]张兆祥

《世说新语·任诞》第二十三有一段话：

> 桓子野每闻清歌，辄唤："奈何！"谢公闻之曰："子野可谓一往有深情。"

我对牡丹花真是一往情深。我觉得，值此时机最好的办法就是喊上几声："奈何！奈何！"

洛阳人民有福了，中国人民有福了。在林林总总全世界的无数民族中，造物主——假如真有这么一个玩意儿的话——独独垂青于我们中华民族，把牡丹这一种奇特而无与伦比的名花创造在神州大地上，洛阳人和全中国的人难道不应该感到骄傲、感到幸福吗？在王城公园里拥拥挤挤围观牡丹的千万人中，有中国人，其中包括洛阳人，也有外国人，个个脸上都流露出兴奋幸福的神情，看来世界上一切美好的东西，都既是民族的，又是全人类的。牡丹也是如此。在洛阳，在中国的洛阳，坐对迎风怒放的牡丹，我不应该只说：洛阳人民有福了，中国人民有福了，而应该说，全世界人民都有福了。

我觉得，我现在方才了解了"洛阳牡丹甲天下"这一句话的真正含义。

1991 年 5 月 15 日病后写

延边行

1992年7月底—8月6日，季羡林应延边大学副校长郑判龙邀请，在助手李铮的陪同下赴延边大学讲学，然后从延边朝鲜族自治州首府延吉市到图们江和距延吉市230千米的长白山天池游览，并观看了美人松。在此期间，季羡林写了"延边行"一组文章，其中包括《我在延吉吃的第一顿饭》《延吉风情》《美人松》等。

小　　引

今年夏天,我应延边大学副校长郑判龙教授之邀,冒酷暑,不远数千里,飞赴延吉,参观访问。如果学一点时髦的话,也可以说是"讲学"吧。我极不喜欢用这个词儿。因为我知道有不少的"学者",外国话不会说半句,本来是出国旅游的,却偏偏说是应邀"讲学"。我真难理解这个"学"是怎样"讲"的。难道外国人都一下子获得了佛家所说的"天耳通",竟能无师自通地听懂了中国话吗? 出国旅游,并非坏事;讲出实话,实不丢人。又何必一定要在自己脸上贴金呢? 我这个人生性急,喜爱逆反。即使是真讲学,我也偏偏不用。这一次想来一个例外,我毕竟真是在延边大学讲了一次。所以一反常规,也给自己脸上贴一点金。

我在延边只待了六天，时间应该说是非常短的。但是，我却闻所未闻，见所未见，吃所未吃，感所未感，大开眼界，大开口界。我国的朝鲜族是异常好客的，简直可以说是好客成性。住在这里的汉族，本来也是好客的，又受到了朝鲜族的熏陶，更增加了好客的程度。我们时时刻刻沉浸在友谊的海洋之中，友谊之浪，情好之波，铺天盖地，弥漫一切。我们仿佛生活在人类世界之上的另一个世界里，我们的感觉绝不能用"感激"二字来表达，这是远远不够的，我年届耄耋，有生之年，永远不会忘记了。

我舞笔弄墨，成癖成性，在思绪感情奔腾澎湃之余，不禁又拿起笔来。但限于时间，只能表达所闻所见于万一，聊志个人的雪泥鸿爪而已。

我在延吉吃的第一顿饭

今天是我的生日。我来到这个世界上已经整整八十一年了。按天数算，共是二万九千五百六十五天。平均每天吃三顿饭，共吃了八万八千六百九十五顿饭。顿数多得不可谓不惊人了。而且我还吃遍了世界上三十多个国家的饭。多么好吃的，多么难吃的，多么奇怪的，多么正常的，我都吃过，而且都吃得下去。我自谓饭学已极精通，可以达到国际特级大师的标准了。对吃饭之事圆融自在，已臻化境。只要有饭可吃，我便吃之。吃饭真成了俗话说的"家常便饭"了。

到了延吉，刚一下飞机，到机场迎接我们的延边大学郑判龙副校长、卢东文人事处长、王文宏女士和金宽雄博士，随随便便一说："我们到朝鲜冷面馆去吃个便饭吧！"客随主便，我就随随便便地答应了。数千里劳顿之余，随便吃一点便饭，难道还不是世间最惬意的事吗？

我们好像是随便走进一家饭馆，坐在桌旁，我万没有想到，不远千里来避暑的延吉，热得竟超过了北京。在挥汗如雨之余，菜逐渐上桌了。除了有点朝鲜风味以外，菜都是平平常常的，一点也没有引起我的特别注意。只是肚子确实有点空了，于是就大吃起来。好在主人几乎都是老朋友，他们不特别讲求礼仪，强客人之所难；我们也就脱落形迹，不故作虚伪，任性之所好，随随便便地大吃起来。此时好像酷暑骤退，满座生春，我真有点怡然自得，"不知何处是家乡"了。

然而，正在此时，厨师却端上了一条活蹦乱跳的大鳞鱼来，鱼摇着尾巴，口一张一合，双鳍摆动，每一个鳞片都闪出了耀眼的珍珠似的白光。我立即大吃一惊，把眼睛瞪得圆而且大，眼里面的白内障还有什么结膜炎，仿佛一扫而空，又能洞见纤微，视芥子如须弥山了。我真不知道，我们这一群可敬可爱的延吉的老朋友主人，葫芦里想卖什么药。我的心怦怦直跳，不知如何是好。我以为还会有火锅之类的东西端上桌来。说不定厨师还会亲临前线，表演一下杀煮活鱼的神奇手段，好像古代匠人的运斤成风，或者从制钱的小眼里把香油灌入瓶中。我屏住了呼吸，虔心以待。

可是主人却拿起了筷子，连声说："请！请！"他是要我们下筷子吃鱼了。他似乎看出了我们的困惑，首先用筷子尖一扒拉，仿佛是一个魔术师似的，一整块连着鱼肉的鱼鳞被掀了起来，露出了鱼肉，粉红色的肉上横贯着一条深红的线。再一细看，鱼肉并非一个整体，而是已经被切成了鱼片。只需用筷子一拨,再一夹,一片生嫩——用广东话来说,应该是生猛吧——的鱼片就能纳入口中了。

我怎么办呢?我的心直跳,眼直瞪,手直颤,唇直抖。我行年八十,生平面临的考验,多如牛毛,而且五花八门,种类繁多。但是,今天这样的考验,我却还没有面临过而且连做梦也没有想到过。我鼓足了勇气,拿起了筷子,手哆里哆嗦地,把筷子伸向鱼身,拨出了一片鱼肉,正想往嘴里放时,鱼忽然把尾巴摇了摇,双鳍摆了摆,瞪大了眼睛,张开了嘴巴。这一切好像都是对着我来的。我的心跳动得更厉害了。我不能也不敢再把鱼片放回原处。眼睛一闭,狠心一下,硬是把鱼片塞进嘴内。鱼片究竟是什么滋味,大家可以自己想象了。

可是,好客的主人却偏偏要遵照当地人民的习惯,一定要把盛鱼的瓷盘改动位置,一定要让鱼头对准座上的主宾,就今天来说,当然就是我了。这真是火上加油,"屋漏偏遭连夜雨,船破又遇打头风"。我心情迷离,神志恍惚,怃然、悚然、怆然、怂然、悴然、惘然、无所措手足,一下子沉入梦幻之中……

我听到这一条仅仅剩下头和尾巴的鱼最初是慢声细气地开口对我说话了:"你可知道,你们人是从鱼变来的吗?我们鱼类,本领也是异常惊人的。我们一条鱼一下子就能够下子成千上万;如果没有什么东西遏制我们,用不了多少时间,我们鱼就能够把世界上的江、河、湖、海统统填满。你们人有什么本领呢?不知道是你们走了什么后门,让造化小鬼把你们变成了人。我们则是千万年以来,毫不进化,仍然留在水里,当我们的鱼类。我们并没有闹情绪,找领导,闹而优则人。我们是正派的,正直的,乐天知命的。既然命定为鱼,我们就顺顺从从,任人宰割。我们自我感觉良好,从无非分之想,我们本来是鱼嘛！"

我毛骨悚然，屁股下面发热，有点儿坐不住了。我以为鱼已经把话说完了呢。然而不然。鱼摇了两下尾巴，张了张嘴，又说了起来："可你们人真也太损了，你们的花样真也太多了。你们在钩心斗角之余，把心思全用在吃上。德国人心眼稍微好一点，他们的法律不允许把活着的鱼带回家。日本人吃生鱼片，已经可以说花样翻新了。可是你们中国人呢，以这样一个聪明伟大的民族，早年奋发图强，对世界文化做出过卓越的贡献。后来就渐渐地劲头不够了，专门讲究吃喝，还美其名曰饮食文化。这也罢了，可你们把闹派系的本领也用到饮食上来。全国分成了京、鲁、川、粤、湘、苏等等不知道多少菜系。这也罢了。可你们不知道从哪里来的一股劲儿，专跟我们鱼类干上了。哪一个菜系也不放过我们，而且还是煎、炸、煮、炒、涮、烹、腌、烤，弄得我们狼狈不堪，魂不守舍。最可怕的是四川的干烧，浑身是辣椒，辣得我们的魂儿都喘不过气来。这一些你都知道吗？"

我喘了一口气，以为鱼的训话已经结束。正当我伸出筷子想夹住最后一片鱼片的时候，鱼的嘴张得更大了，声音也更提高了，又说了下去："在延吉这里，你们这些人不知道从哪里来了这样一股邪劲儿，非要让我们完全活着，神志完全清醒，把我们的鳞皮揭开，把我们身上正面反面的肉都切成了一片一片的，再把鳞皮盖上，宛然是一条活而整的鱼，端到饭桌上来，先让你们这些外地来的乡巴佬，瞪大了眼睛，大大地吃上一惊，然后再怀着胆怯、兴奋、好奇而又愉快的心情，在主人的'请！请！请！'的催促下，一齐伸出了筷子。我瞪着眼，摇着尾巴，摆动双鳍，以示抗议，可我发不出声音。难道只有看到我眼瞪、尾摇、嘴巴张,你们咀嚼着我的肉才觉得香吗？你们这是一种什么心理呀！你要告诉我！否则,即使你把我的残骸做成了酸辣汤,我也是不能瞑目的！"

听着,听着,我完全吓呆了,我一句话也说不出来,而别人正吃风甚健,然而这一条鱼却不给我留一点儿情面，它穷追不舍，它喝道:"你可是说话呀！"

我浑身觳觫,脸上流汗,双腿发抖,心里打鼓,茫然、惘然、不知所措,我只有低头沉思,潜心默祷,又陷入了梦幻中:"鱼呀！你今生舍身饲人,广积阴德。涅槃之后,走入六道轮回,来生绝不会再托生成鱼,而定是转生成人。'二十年后,又是一条好汉。'等我庆祝百岁诞辰时,一定再来延吉。那时,我请你吃饭，无论如何也不会再把你前生的同类活蹦乱跳地端到饭桌上来了。呜呼！今生休矣,来生可卜。阿门！拜拜！你安息吧！"

沉思完毕,心情怡悦,一下子走出了梦幻,跟着延吉的主人,走出饭店,汇入花花世界的人间,兴致盎然,欣赏我毕生八十一年从未见过的延吉的风情。

延吉风情

延吉是一个好地方,好到难以想象;但又是一个怪地方,怪到不易理解。

天好,地好,人好,一切都好,难道还不是一个好地方吗？这个一说,大家就懂。

但是为什么又怪呢？这必须多啰唆几句,不是地方怪,而是我这人有点怪了。

延吉是一个非常小的城市,人口只有三十万,远远赶不上我所住的北京的海淀区。但是这里的出租汽车却有一千二百辆,在所有的马路上,风驰电掣,一辆接一辆,多似过江之鲫,人均占有量全国第一。这难道还不算怪吗?但是怪劲儿还没有完。你站在马路旁一秒钟,最多一分钟,不用思索,随意一招手,必然会有一辆出租车停在你眼前。二话甭说,开门上车,不管路远路近,只要不出市区,一律五元。路近,司机(其中有不少是妙龄女郎)当然不会厌烦;路远,司机也处之泰然,不说半句怨言,连眼都不会眨一眨。司机从来不问是到什么地方去。一上车,座客指挥,司机遵命,一言不发。一下车,五元钞票一递,各走各的路,仍然是一言不发,皆大欢喜,天下太平。

说到乘出租汽车,我也可以说是一个老行家了。在许多城市,我都乘坐过出租车。香港是规规矩矩的,无可指摘。在深圳,在广州,在北京,你有急事,站在马路旁边,"望尽千车皆不是,市声喧腾单车流"。偶尔有空车驶过,如果司机先生想回家吃饭,或有别的公干,或者兴致不高,你再拼命招手,他仍置若罔见,掉首不顾,一溜烟儿驶了过去。忽然有车停下,你正心花怒放,在深圳和广州,有的司机可能问你是付人民币还是付港币。如果是前者,他仍然是一溜烟儿驶走。有的司机先问到哪里去,太近不行,太远也不行。不远不近,得乎中庸,勉强成交,心中狂喜。如果你真有急事,急得像热锅上的蚂蚁,又适逢非中庸之道,或者时间不合适,则你无论怎样向司机恳求,也是无济于事,"禅心已作沾泥絮,不逐车风历乱飞",司机都成了参禅的大师。勉强上了车,有计程器,偏又不用,到了目的地,狠狠地敲你一下竹杠。老百姓的口头语说:"听诊器,方向盘,人事干部,售货员。"都是惹不起的人物,难道其中就没有一点道理吗?

反观延吉的出租汽车,你能说他们的道德水平不高吗?可是,在"滔滔者天下皆是也"的氛围中,你能说他们不"怪"吗?

但是,我凭空替他们担起心来。人口这样少,而汽车又这样多,他们会不会赔钱呢?我怀着疑虑的心情,悄悄地问过一个出租汽车司机,每个月能挣多少钱。他回答说:"三四千元。"我相信他说的是真话,说不定还打了点埋伏。

接着又来了问题:一千二百个出租汽车司机,每人每月挣三四千元,加起来是个相当庞大的数目。延吉人能出得起这么多钱吗?延吉朋友告诉我,这里工业并不发达,农业也非上乘,按理说延吉人不应该太富。可是,你别慌,这个朋友一转口又告诉我,延吉人几乎口袋里都有钞票。这就够了。若问此钱何处来?据说都是正当途径。详情就用不着我们多管了,反正延吉人口袋里有钱,这是事实。

他们有钱,还表现在另一个方面。三十万人口的一个小城,竟有卡拉OK一百二十家,还有二十家在筹建中,另有人告诉我,城中类似卡拉OK的茶馆、咖啡馆之类,有四百家。不管怎么说,延吉在这方面又占全国第一了。朝鲜族十分重视文化教育,文化水平可能列全国榜首。他们能歌善舞,名闻华夏神州。他们据说又善于花钱。不是有人提倡过能挣会花吗?我认为,延吉人算是做到了。由于以上种种原因,延吉卡拉OK人均数在全国拿了金牌,不是很自然的吗?

与上面说到的两件事有联系的,延吉人还有一个全国第一,这就是喝啤酒。喝啤酒原是欧风东渐的结果。啤酒这玩意儿大概真是有不可思议的魔力，一传到中国——世界其他地方也一样——立即以排山倒海之势独占酒类鳌头，人们饮之如琼浆玉液。全国皆然，非独延吉。然而别的地方喝，论杯，论"扎"，至多论瓶。在这里则是非杯、非"扎"、非瓶，而是论箱，每箱二十四瓶。看了这情况，即使是酒鬼的外乡人，也必然退避三舍，甘拜下风，而非酒鬼如我者竟至舌翘不下，眼睁不闭，吓得魂儿快要出窍了。我在世界啤酒之乡德国待过十年。那里的啤酒不比水贵多少，人们喝起来皆比喝水多得多。我自以为天下之最盖在此矣。这次到了延吉，才知道自己竟是一只井蛙。

我们在天山宾馆吃晚饭时，邻近有一桌客人，男的六七个，女的三四个，说中国话，并非老外。我们进去的时候，他们已吃喝起来。我们吃完走时，他们还在吃喝。喝啤酒时真是"饮如长鲸吸百川"，气势磅礴。桌上酒瓶林立，桌旁空箱两只。喝到什么时候，地上空箱摆起多高，只有天知道了。我做了一夜啤酒梦。

我在上面讲了延吉的三个全国第一。你能说这不怪吗？

但是，"怪"字是一个中性词，绝不等于"坏"字。在延吉，我毋宁说，这里怪得可爱，怪得可钦可敬。有的地方怪得简直像是小说中的君子国。我觉得，这三怪的背后隐藏着一种非常深刻的意义，它们是与我开头说的"好"字紧密相连的。这里的人热情豪爽，肝胆相照。我走过全国不少的少数民族地区，在那里，汉族成了少数民族。尽管一般说起来，汉族同当地人相处得还不错。有的好一点，有的差一点。可是达到水乳交融水平的，毕竟极为稀见。一到延边，我就向几个朝鲜族朋友问起这个问题，他们说毫无问题，汉朝两族毫无芥蒂。我又向几个汉族朋友问起这个问题,他们也说毫无问题,朝汉两族亲如兄弟。尽管语言不同,绝大多数的人都使用两种语言。彼此共事,民族界限早已泯灭,他们只感到同是中华民族,而不感到是朝鲜族或汉族。

我们此行虽然短促,但确实交了许多朋友。在我的潜意识里,只有朋友,而没有什么汉族朋友,什么朝鲜族朋友之分。延吉这个地方,我永远不会忘记。延吉的朋友们,我永远不会忘记。我遥望东天,为他们虔诚祝福!

我开头说,延吉是个好地方。谁还会怀疑我这句话的真实性呢?

美　人　松

我看过黄山松,我看过泰山松,我也看过华山松。自以为天下之松尽收眼中矣。现在到了延边,却忽然从地里冒出来了一个美人松。

我年虽老迈,而见识实短。根据我学习过的美学概念,松树雄奇伟岸,刚劲粗犷,铁根盘地,虬枝撑天,应该归入阳刚之美。而美人则娇柔妩媚,婀娜多姿,应该归入阴柔之美。顾名思义,美人松是把这两种美结合起来的。两种截然相反的东西,竟能结合在一起,这将是一种什么样子呢?

我就这样怀着满腹疑团,登上了驶往长白山去的汽车。一路之上,我急不可待,频频向本地的朋友发问:什么是美人松呀?美人松是什么样子呀?路旁的哪一棵树是美人松呀?我好像已经返老还童,倒转回去了七十年,成了一个充满了好奇心的顽童。

汽车驶出了延吉已经 170 多公里,我们停下休息,在此午餐。这个地方

长白山美人松

叫二道白河,是一个不大的小镇。完全出我意料,在我们的餐馆对面,只隔着一条马路,有一小片树林,四周用铁栏围住,足见身份特异。我一打听,司机师傅漫应之曰:"这就是美人松林,是全国,当然也就是全世界唯一的一片美人松聚族而居的地方,是全国的重点保护区。"他是"司空见惯浑无事",而我则瞪大了眼睛,惊诧不已:原来这就是美人松呀!

我的疲意和饿意,顿时一扫而空。我走近了铁栏杆,把全身的神经都集中到了双眼上,原来已经昏花的老眼蓦地明亮起来,真仿佛能洞见秋毫。我看到眼前一片不大的美人松林,棵棵树的树干都是又细又长,一点也没有平常松树树干上那种鳞甲般的粗皮,有的只是柔腻细嫩的没有一点疙瘩的皮,而且颜色还是粉红色的,真有点像二八妙龄女郎的腰肢,纤细苗条,婀娜多姿。每一棵树的树干都很高,仿佛都拼着命往上猛长,直刺白云青天。可是高高耸立在半空里的树顶,叶子都是不折不扣的松树的针叶,也都像钢丝一般,坚硬挺拔。这样一来,树干与树顶的对比显然极不调和。棵棵都仿佛成了戴着钢盔,手执长矛,亭亭玉立的美女;既刚劲,又柔弱;既挺拔,又婀娜。简直是个人间奇迹,是个天上神话,是童话中的侠女,是净土乐园中的姽婳将军……我瞪大了眼睛,失神落魄,不知瞅了多久,我瞠目结舌,似乎要喘不过气来了。

因为我看到这些树实在都非常年轻,便问了一下本地的主人。主人说:这些树有的是一二百年,有的三四百年,有的年龄更老,老到说不出年代。反正几十年来,他们看到这里的美人松总是一个样子,似乎她们真是长生多术,还童有方。他们天天坐对美人松,虽然也觉得奇怪,但毕竟习以为常。但是,对我这样初来乍到的人来说,却只有惊诧了。

美人松既然这样神奇,极富于幻想力的当地老百姓中,就流传起来了一段民间传说:当年,在抗日战争最艰苦的时期,杨靖宇将军率领着抗日联军,与顽敌周旋在长白山深山密林中。在一次战略转移中,一位女护士背着一个伤病员,来到了一片苍秀挺拔的松树林中,不幸与敌人遭遇。敌我人数悬殊,护士急中生智,把伤病员藏在一个杂树荫蔽的石洞中,自己则向相反的方向跑去。敌人把她包围起来,她躲在一棵松树后面,向敌人射击。敌人一个个在她的神枪之下倒地身亡。最后她的子弹打光了,她自己也受伤流血。她倚在一棵高耸笔直的松树后面,流尽了自己最后一滴血。从此以后,血染的松树树干就变成了粉红色……

这个传说难道不是十分壮烈又异常优美吗?难道还不能剧烈地拨动每一个人的心弦吗?

然而对一个稍微细心的人来说,其中的矛盾却是太显而易见了。美人松的粉红色的树皮,百年,千年,万年以前,早已成为定局。哪里可能是在五六十年前才变成了红色的呢?编这一段故事的老百姓的心情,是完全可以理解的。我也宁愿相信这一个民间传说。但是,我在上面提到的那一个不大不小的矛盾,实在是太明显了;即使相信了,心也难安,而理也难得。

我苦思苦想,排解不开,在恍惚迷离中,时间忽然倒转回去了数千年,数万年,说不清多少年。我进入了一场幻觉,看到了长白山下百里松海的大大小小的、老老少少的松树们聚集在一起开会。一棵万年古松当了主席,议题只有一个,就是向长白山土地抗议:为什么他们这一批顶撑青天碧染宇宙的松树,只能在长白山脚下生长,连半山都不允许去呢?这未免太不公平,太不合理了。于是悻悻然,愤愤然,群情激昂,决议立即上山。数百万棵松树,形成大军,以排山倒海之势,所向无前之威,棵棵奋勇登山,一时喧声直达三十三天。此时山神土地勃然大怒,咒起了狂风暴雨,打向松树大军。大军不敌,顷刻溃败,弃甲曳兵,逃回山下。从此乐天知命,安居乐业,莽莽苍苍,百里松海,一直绿到今天。

众松中的美人松,除了登山泄愤的目的以外,还有一点个人的打算。她们同天池龙宫的三太子据说是有宿缘的。她们乘此机会,奋勇登山,想一结秦晋之好,实现万年宿缘。然而,众松溃退,她们哪里有力量只身挺住呢?于是紧随众松,退到山下,有几棵跑得慢的,就留在了长白山下百里松海之中,错杂地住在那里。树数不多但却占全部美人松大部分的,一气跑了下去,跑到了离开了长白山已经100多公里的二道白河,刹住了脚,住在这里了。她们又急,又气,又惭,又怒,身子一下子就变成了粉红色……

我正处在幻觉中,猛然有一阵清风拂过美人松林,簌簌作响,我立即惊醒过来。睁眼望着这一些真正把阴柔之美与阳刚之美融合得天衣无缝的秀丽苗条的美人松,不知道应该作何感想。美人松在风中点着头,仿佛对我微笑。

1992 年 8 月

逛鬼城

1992 年 9 月 29 日—10 月上旬，应《人民日报》社和日本《朝日新闻》社邀请，季羡林飞赴湖北武汉，参加在武汉、荆州、宜昌召开的"展望 21 世纪的亚洲国际研讨会"。会议期间，他在武汉参观了黄鹤楼和博物馆，在荆州参观了博物馆，并乘长江豪华旅游轮"峨眉号"沿长江经三峡、丰都鬼城，到重庆参观一天，然后飞回北京。季羡林在参观荆州博物馆时深受震动，指出长江文化至少可与黄河文化并驾齐驱。这次外出开会、游览后，季羡林创作了《逛鬼城》《游小三峡》等游记作品。在《逛鬼城》中，季羡林以极其幽默诙谐、轻松自在的语言，述说自己已届耄耋之年来到这座"阴司地狱"的心态和感受。

豪华旅游轮"峨眉号"靠了岸。细雨霏霏,轻雾漫江,令人顿有荒寒之感。但一听到要逛鬼城丰都,船上的人,不管是中国人,还是日本人和韩国人;不管是老还是少,不管是男还是女,无不兴奋愉快,个个怀着惊喜又有点儿紧张的心情,鱼贯上了岸。

为什么对鬼城这样感兴趣呢?道理是不难明白的。一个活生生的人,在光天化日之下,要进鬼城游览,难道还有比这更富有刺激性的事情吗?

至于我自己,我在小学时就读过一本名叫《玉历至宝钞》的讲阴司地狱的书,粉纸石印,质量极差,大概是所谓"善书"之类,但对于我却有极大的吸引力。你想一想,书中图文并茂,什么十殿阎罗王,什么牛头、马面,什么生无常、死有份,什么刀山、油锅,等等。鲁迅所描绘的手持芭蕉扇、头戴高帽子的鬼卒,也俨然在内。这样一本有趣的书,对一个小孩子来说,比起那些言语乏味的教科书来,其吸引力之强真有若天壤了。

丰都鬼城山门

　　这样一本书,我在昏黄的油灯下,不知道翻看过多少遍。我对地狱里的情况真可以说是了若指掌。对那里的法规条文、工作程序也背得滚瓜烂熟。如果我到了那里,不用请律师,就能在阎王爷跟前为自己辩护,阎王爷对我一定毫无办法。至于在阴司里走后门、托人情,我也悟出了一点门道。因此,即使真进阴司,我也坦然、怡然,总有办法证明自己是一个好人,无所畏惧。

　　后来,我读西洋文学,读过但丁的《神曲》。再后一点,我又研究佛教,读了不少佛经,里面描绘阴司地狱的地方,颇为不少。我知道了,中国的阴司原来是印度的翻版,在印度原有的基础上,又加以去粗取精,深化改革,加以中国化,《玉历至宝钞》中的地狱描绘就是这样来的。尽管我对于自己的学识,从来不敢翘尾巴,但是对自己的地狱学却颇感自傲。而且对西方的地狱,正像但丁描绘的那样,极为卑视,觉得那太简单了,同东方地狱之博大精深相比,真如小巫见大巫。由此我曾萌发一个念头,想创立一门崭新的学科:比较地狱学。我深信,如果此学建成,我一定能蜚声国际士林,说不定就能成为诺贝尔奖奖金的候选人哩。

　　就这样,在即将进入鬼城的时候,我心里胡思乱想,几十年来对地狱的

214

鬼门关

一些想法，一时逗上心头。在江雨霏霏中，神驰于三峡之外，仿佛已经走进地狱了。

多少年来，久闻丰都城的大名。我原以为丰都城会是在地下一个什么大洞中，哪能把阴司地狱摆在人世间繁华的闹市中呢？事实上，四川丰都的鬼城确实是在繁华的闹市中。要到那里去，不是越走越深，而是拾级而上，越爬越高，地狱原来是在山顶上。山门牌坊上写着"鬼城"和"天下名山"六个大字。一进山门，就一路拾级而上，到达山顶，据说共有六百一十六级，从台阶数目上来看，恐怕要超过泰山南天门了。

山门内山明水秀，树木葱茏。时届深秋，浓绿中尚有红色和黄色的小花闪出异样的光彩，耀人眼睛。石阶砌得整整齐齐，花坛修得端端正正，毫无阴森凛冽之气。不信阴司地狱的外国旅游者当然不会有什么恐怖之感，连有些信阴司地狱的中国人也不会有这样的感觉。跟着我们走的导游小姐，是一个十七八岁的苗条秀丽的中学毕业生。她讲解得生动有趣，连印度神话中的阎摩（Yama）和阎弥（Yami）她都讲得头头是道。我搭讪着跟她聊天——

"你天天在阴司地狱里走，不害怕吗？"

"不害怕,只觉得很好玩。"

"你信不信阴司地狱？"

"不信。我的婆婆(奶奶)有点儿信。"

"你为什么干这个工作？"

"我中学毕业后,上过训练班。有一门课,专门讲有关地狱的知识。"

"这鬼城里的老百姓不觉得阴森可怕吗？"

"一点儿也不,惯了。他们根本不想这里是鬼城！"

"你看过《玉历至宝钞》吗？"

"没有。"

我于是把书名告诉她,希望她能扩大关于地狱的知识面,把导游工作做得更丰富,更生动,更有趣。

同小女孩儿谈话以后,我原来那一点紧张别扭的心情一扫而光。还是专心致志地逛鬼城吧,我心里想。

山越爬越高,楼阁台榭等等建筑越来越多。真个是"五步一楼,十步一阁。廊腰缦回,檐牙高啄。各抱地势,钩心斗角"。我没有见过阿房宫,我不知道阿房宫是不是就是这个样子。反正这里的楼台殿阁真够繁复,真够宏伟。大概《玉历至宝钞》中所提到的楼阁,这里都有,而且还多出来了许多那里不见的宫殿。粗粗地数一下,就我记忆所及,就有下面的这些殿:报恩殿、寥阳殿、星辰墩、玉皇殿、曜灵殿等等。报恩殿里塑着如来佛大弟子大目连的像,来自印度的"目连救母"的故事,在中国民间广泛流传。玉皇殿里供的当然就是天老爷。让我惊奇的是两边的众神像中,竟赫然有孙膑站在那里。孙膑同天老爷有什么瓜葛呢？这道理我还没有弄明白。

至于有名的鬼门关、奈河桥等等，这里当然不会缺少。有趣的是奈河桥，确实是一座石桥，也并不威武雄壮。可是导游小姐却突然提高了声音说，谁要是能三步跨过这一座桥，就会有什么什么好处。大家一听，兴致猛涨，都想登桥尝试一下。我努了努力，用四步跨了过去。有的个儿矮的人，用五六步才能跨过。而身高一米九二、鹤立鸡群的冯骥才，只用了一步半，就跨过了奈河桥。大家一起起哄，说冯得到的好处最多。我自己虽然是落了第，恐怕得不到多少好处了，但我也不后悔。一个人如果真正到了奈河桥上，人世间的好处对他还有什么意义呢？即使是诺贝尔奖、奥斯卡奖，不也等于镜花水月了吗？

在另一个地方，好像是一座大殿的前面或者后面，在一个牌楼前，有一个石砌的四方形的栏杆，中间有一个球形的东西嵌在地面上，是铜？是铁？看不清楚，反正是非常光滑，闪着白光。导游小姐说，谁要是用一只脚，男左女右，在球上站上两秒钟，眼睛看着前面什么地方的四个字，他又会得到什么什么好处。干这种玩意儿，我绝不后于人。我走上去，站在球上，大概连半秒钟都没有，脚就滑了下来。我当然又不能得到那些好处了。我毫不在意。我那阿Q思想又抬了头：阴间的玩意儿实在非常的平庸，即使能站上两秒钟，又如何呢？

又到了一个什么殿，看到了地狱里的人事部长，手持生死簿，威风凛凛地站在那里。导游小姐高声问："有姓孙的没有？有属猴的没有？"我们团里的孙车民碰巧没有在，也没有什么人自报属猴。导游小姐说："当年孙悟空大闹天宫,跑到阴司地狱里来,一手抢过生死簿,把自己的名字一笔勾掉,从此姓孙的和属猴的就都簿中无名,阎王爷没有办法召唤他们了。"我突然想到,阴司地狱里的管理工作真也应该加以改革,必须现代化了。如果把生死簿中的名字输入电脑,孙猴子本领再大,也无法把自己的名字勾掉了。岂不猗欤休哉!

在北京的时候,我曾多次说过,到八宝山去,要按年龄顺序排一个队,大家鱼贯而进,威仪俨然,谁也不要躐级抢先,反正我自己决不会像买稀罕的物品一样,匆匆挤上前去夹塞。我们走,要走得从容不迫,表现出高度的修养。现在到了鬼城,方知道自己既不姓孙,也不属猴,是生死簿上有名的,是阎王老爷子耀武扬威欺凌的对象。心里颇有点愤愤不平。我胆子最小,平生奉公守法,不敢越雷池一步。但是此时我却忽然一反常态,决心对阎王爷加以抵抗。不管催命鬼的帽子戴得多高,也不管"你也来了"四个字写得多大,我硬是不走,我想成为一个我生平最讨厌的钉子户。对阴司的律条我是精通的,同阎王爷辩论,我决不会输给他。

也许有人会问:"你这样干,不怕阎王老子那些刀山、油锅吗?"是的,刀山、油锅当然令人害怕。但是,当我们走到填满了阴司地狱里酷刑雕塑的房间时,天已经暗了下来。我们只是隔着玻璃窗子,影影绰绰地匆匆忙忙地看到了一点刀山、油锅的影子,并没有怎样感到恐怖。有人说,有心脏病的人千万不要来逛鬼城,怕受不住刀山、油锅的惊吓。我看,这些话确实夸大了。我也是戴着冠心病帽子的老人,但是我看完了刀山、油锅,依然故我,兴致盎然,健步如飞,走下山来。

丰都鬼城庙宇屋顶

　　我性子急,上山走在最前面,下山也走在最前面。别人还没有下来,我就坐在一棵大树下的石头栏杆上休息了。陆续有人下来了, 见了我都说:"季老! 你做得对! 山你是上不去的,坐在这里休息该多好呀! "当他们知道我已经上过山时,都多少有点儿吃惊。此时有人问那个活泼可爱的导游小姐,让她猜一猜我的年龄。她像在拍卖行里一样,由六十岁起价。别人说"太低",她就逐渐提高。由六十岁经过几个步骤猜到七十岁。她迟迟疑疑,不愿意再提高,想一锤定音。经许多旁边的人多方启发、帮助,她又往上提高,几乎是一岁一步,到了八十,她无论如何也不想再提了。尽管大家嚷着说:"不行,还要高! "小女孩瞪大了眼睛,不再说话了。在惊愕之余,巧笑倩兮。

　　这一小小的插曲颇为有趣,它结束了我的鬼城之游。

　　我们辞别了鬼城,辞别了导游小姐,回到船上,立即整装,参加总结酒会。接着是大宴会,觥筹交错,笑语连声,灯光闪耀,有如白日。仅在半点钟前的鬼城之游,早已成为回忆中的一点影子。如果此时站在鬼城上下望我们的游轮,这一艘正在漫漫的长江中徐徐开动的游轮,一定像一团炤炤焜耀的光辉。

1992年10月17日

游小三峡

小三峡位于重庆市巫山县境内，由长江三峡第一大支流大宁河下游的龙门峡、巴雾峡、滴翠峡组成，全长 50 千米。它一泓碧水，奇峰壁立，竹木葱茏，猿声阵阵，山奇雄，水奇清，峰奇秀，滩奇险，景奇幽，石奇美，被誉为"天下奇峡""中华奇观"，被评为"中国旅游胜地四十佳"、国家"5A 级旅游景区"。1992 年，季羡林与日本朋友第一次在这里观赏峡谷风光，非常尽兴。他们在巫山县城边的大宁河口乘坐小艇，逆水而上，进龙门峡，经巴雾峡，至滴翠峡，然后返回。

愧我孤陋寡闻,虽然已届耄耋之年,而且 1955 年还畅游过一次三峡;但是,直到不久以前,我还只知有大三峡,小三峡则未之见也。

　　最近几年来,风闻"小三峡"这个名词,我也隐隐约约朦朦胧胧地认为,这只不过是在葛洲坝修建以后,长江上游水涨,因而形成了这个所谓"小三峡"而已。我并没有什么渴望想去游历一番。

　　然而,世界事有大出人意料者。今年九十月之交,中国的《人民日报》与日本的《朝日新闻》联合举办"展望 21 世纪的亚洲国际研讨会",租了一艘长江上的豪华游轮"峨眉号",边游三峡,边开会。我应邀参加。日程表上安排有游小三峡一项。直至此时,也还没有能引起我的注意和兴趣,我只不过觉得游一游也不错而已。

　　游轮驶过了闻名世界的神女峰等等景观,在巫山县停泊。在这里换小艇进入大宁河,所谓小三峡就在这里。我此时才如梦初醒:原来还真有一个小

泛舟小三峡,满眼一片碧玉

三峡呀!

在这里,我立即注意到了一个奇怪的现象。长江水由于上游水土流失极端严重,原来的清水已经变成了黄水,同黄河差不多了,而大宁河水则尚清澈。两股水汇流处,一清一黄,大有泾渭分明之概。我的耳目为之一新,精神为之一振了。我们在大三峡中已经航行了不短的距离。大自然的瑰丽奇伟的风光,已经领略了不少。我现在虽然承认了,世上真还有一个小三峡。但是,在我下意识中又萌生了一个念头:小三峡的风光绝不会超过大三峡。如果真正超过了的话,那岂不是本末倒置了吗?

然而,这一回我又错了。小艇转入小三峡以后不久,我就不断地吃惊起来。这里的水势诚然比不上长江的苍茫浩瀚,没有杜甫所说的那样"不尽长江滚滚来"的气势,然而水平如镜,清澈见底。两岸耸立的青山也与大三峡有所不同。在那里,岸边的悬崖绝壁,葱茏绿树,只能远观;有时还被罩在迷蒙的云雾中,不露峥嵘。在这里却就在我们身边,有时简直就像悬在我们头顶上,仿佛伸手就可以摸到。峭壁千仞,我原以为不过是一句套话。这里的峭壁

224

滴翠峡的风光

真有千仞,而且是拔地而起,笔直上升。其威势之大,简直让我目瞪口呆,胆战心寒。不由得你不叹宇宙之神奇。至于碧树,真是绿到无以复加的程度。这碧绿,仿佛凝结成液体,"滴翠"二字绝不是夸张。我坐在小艇上,好像真感觉到这碧绿滴了下来,滴到了我的头上,滴到了别人头上,滴到了小艇中,滴到了清水中,与水的碧绿混在一起,幻成了一个碧绿的宇宙。

同是碧绿,并不单调。河回路转,岸上景色一时一变,大有山阴道上应接不暇之概。导游小姐口若悬河,把两岸山上的著名景观说得活灵活现。同别的名胜一样,这些景观大都同中国的珍奇动物,同民间流行的神话传说联系起来,什么熊猫洞,什么猴子捞月,什么水帘洞,什么观音坐莲台,等等。如果她不说,你或许不会想到。但是,经她一指点,则就越看越像,不得不佩服当地老百姓幻想之丰富了。

两岸山上,也有不是幻想的东西,确确实实是人工造成的东西。比如栈道。在悬崖峭壁上,我看到一排相隔一二尺的小方洞,是人工凿成的。方洞中插上木板,当年拉纤的奴隶就赤足走在上面。据说这样的栈道竟长达四百里。

225

江面上雾气氤氲

悬崖峭壁上的栈道

悬崖峭壁上的悬棺

我们很容易想象出这玩意儿有多么危险。还比如悬棺，也同样是凿在悬崖峭壁上的洞，这个洞当然要大得多，大得能容下一口棺材。我们今天很难想象，这棺材是怎样抬上去的。在中国的西南一带，有悬棺的地方颇为不少。这可能是当地民族的一种特殊的风习。

正当大家聆听导游小姐生动的讲解，欣赏两岸高山的名胜古迹时，忽然有人大喊了一声："猴子！猴子！"

全艇的人立刻活跃起来。我虽然老眼昏花，此时也仿佛得到了神力，似乎能明察秋毫了。我抬头向右岸的山崖上绿树丛中望过去，果然看到几只猴子，在树枝上跳来跳去。灰黄色的皮毛衬上了树的碧绿，仿佛凸出来似的，异常清晰明显。

艇上的中日人士都熟悉唐代大诗人李白的那一首著名的诗：

朝辞白帝彩云间，
千里江陵一日还。
两岸猿声啼不住，
轻舟已过万重山。

这是多么美妙无比的情景啊！可惜的是，三峡的猿声早已消逝；很久以来就没有能听到了。我曾担心我们的子子孙孙永远再也没有可能欣赏李白诗中的意境了。然而，眼前，就在这小三峡中，猴子居然又露了面，为小三峡增加美妙，为人类增添欢乐，我们艇上这一群人的兴奋和喜悦，还能用言语

"两岸猿声啼不住,轻舟已过万重山"

来表达吗?

全艇的人兴会淋漓,谈笑风生。本来已经够美妙绝伦的山水,仿佛更增添了几分妩媚,山仿佛更清,水仿佛更秀,连小艇也仿佛更轻,飞速地驶在绿琉璃似的水面上,撞碎了天空中白云的倒影,撞碎了青峦翠峰的倒影。我们此时真仿佛离开了人间,飘飘然驶入仙境了。

由于时间关系,我们无法走到小三峡的尽头,也就是大宁河能通航的120公里。走了大约一半的路程,我们的小艇就转回头来,走上归程。

沿岸的风光我们已经看过一遍,用不着再讲解、翻译。活泼的导游小姐也坐下来休息了。又因为此时已是顺水行舟,艇速极快。艇上的人也多半坐在那里,自由交谈,甚至有人在闭目养神。一切都比较清静,没有来时那样的兴奋和激动了。

然而日本学者却突然又兴奋活跃起来。他们站起身来,又是招手,又是欢笑。原来他们在一艘逆水而上的游艇上看到了日本前首相中曾根康弘,他也来游小三峡了。这真是一次意想不到的事情。两艘游艇,一只上水,一只下水,擦肩而过,只在一瞬间。可艇中的宁静的气氛再也保持不下去了。中日双

228

方的学者们，还有专程陪我们游览的县委书记和随从们，精神又都抖擞起来，小艇又载满了欢声笑语了。

我在这里顺便插上几句话。回到北京以后，我在《人民日报》上读到了林林同志翻译的中曾根康弘的俳句《小三峡舟行》：

　　　一泓秋水分山脉，
　　　波光何碧绿。
　　　伴赤壁凝立，
　　　望澄澈之秋空。

可见此时不是政治家而是诗人的中曾根康弘先生是多么陶醉于中国的山水中而诗兴淋漓了。

回头再说我们小艇中的情景。大家看到了日本前首相来游中国的小三峡，可见小三峡吸引力之大。大家把话题一转，自然而然就转到了中日山水的比较上。日本全国山清水秀，几乎可以说，全国就是一个大花园。日本人爱美之心和洁癖，扬名世界。每一个家庭，门前总有一个小花园。哪怕只有一丈见方，也必然栽上一棵松树，种上一些花草，看上去美妙无比，真令人赏心悦目。天然景色也并不缺少，像富士山、箱根等等著名的风景胜地，更真正能拴住游者的心。但是，日本毕竟是一个岛国，地方是有限的，像中国的大、小三峡，在日本是无法想象的。即使造物主想对日本垂青，他也无法把大、小三峡安放在日本列岛上。这是再明显不过的事实。

大家七嘴八舌，畅谈不休。日本朋友看上去也非常兴奋，兴致很高。他们心里怎么想，我当然不得而知。然而在这气势恢宏、鬼斧神工般的小三峡中，大自然景观的威力压在每一个人头上，令人目眩神迷，谁也无法否认摆在眼前的这个事实了。

对我个人来讲，过去不知道有多少次了，我目击祖国的名山大川，常常感慨万端。过去我朦朦胧胧不甚了了的小三峡，现在又摆在我的眼前，我说不出话来。自然的伟大和威力，我这一支拙笔是描绘不出来的。我虔心默祝，感谢大自然独垂青于我中华，独钟爱我们的赤县神州。我感到骄傲，感到光荣，觉得我们这一片土地真是非常可爱的。这种感觉或者感情，将永远保留在我内心深处。

1992 年 11 月 24 日

大觉寺

大觉寺,又称大觉禅寺、西山大觉寺,是位于北京西郊阳台山(旸台山)南麓的一座千年古刹,以清泉、古树、玉兰、环境优雅而闻名。其始建于辽代,称清水院,金代时为金章宗西山八大水院之一,后改名灵泉寺,明代重建后改为大觉寺。古往今来,许多文人墨客与大觉寺结下了不解之缘。清代词人纳兰性德以及现代名人冰心、吴文藻、俞平伯、朱自清夫妇、陈寅恪、郭沫若、季羡林等人都曾与此寺结缘。

　　20世纪60年代初,季羡林开始带领全家人来大觉寺参观。据季承回忆说:“我们家度过了1962年、1963年两年的平静生活。国家落实知识分子政策,给父亲带来了相对的平静。父亲忙着他的著述和各种社会活动……父亲一家的日子过得还是非常和谐温暖的,每个星期天中午,总有一顿团聚的午餐……当然,父亲有吝啬的一面,也有浪漫大方的一面,他每逢‘五一’‘十一’‘春节’总要邀请在北京舞蹈学院工作的五舅、舅妈和我们全家一起郊游,吃大餐……我们几乎玩遍了北京各处景点,如故宫、天坛、颐和园、动物园、大觉寺、樱桃沟、八达岭等,吃遍了多处著名餐馆,如东来顺、全聚德、翠华楼、莫斯科餐厅……”

我为什么对大觉寺情有独钟呢？这问题提得很自然；但又显得颇为突兀。我似乎能答复，又似乎还不能。

　　将近七十年前，当我在清华园读书的时候，北京的古寺名刹，我都是知道的，什么潭柘寺、戒台寺、碧云寺、卧佛寺等，我都清楚，当时既无公共汽车，连自行车都极少见。我曾同一些伙伴"细雨骑驴登香山"。雨中山清水秀，除了密林深处间或有小鸟的啁啾声外，几乎是万籁俱寂。我决非像陆放翁那样的诗人，但是，此时此地心中却溢满了诗意。"此中有真意，欲辩已忘言"，实不足为外人道也。

　　可是，大觉寺这个古刹，我却是没有听说过的。我对它是完全陌生的。原因大概是，这一座千年古刹在当时已经凋零颓败，再没有参观旅游的价值，被人们弃若敝屣了。

　　时间一下子跳过了五十年，我已届古稀之年，可以说是一个地地道道的

大觉寺

老人了，可是我偏一点老的感觉都没有，有时候还会忽发少年狂。此时，大觉寺已经名传遐迩，那一棵有三百年树龄的"玉兰之王"就生长在大觉寺中，每年春天花发时总会吸引众多的游人前去观赏。80 年代初的一个春天，听说玉兰之王正在繁花怒放，我于是同大泓和二泓骑自行车，长驱三四十公里，到大觉寺去随喜。走在半路上，想停车休息一会儿，我的双腿已经麻木，几乎下不了车。幸亏有两个孩子的扶掖，才勉强再登上了车，鼓起余勇，一鼓作气，终于到达了大觉寺。

人们，其中包括一些学者们，常说：第一印象是最准确、最清晰，因而也就是最符合实际情况、最可靠的印象。我对大觉寺的第一个印象怎样呢？山门虽不新，但也没有给人以寥落颓败之感，想必是在过去五十年中修缮过一次，所以才有现在这个情况。这一天来的人多如过江之鲫，到处人声喧阗，古寺的沉寂完全被打破。好不容易挤进了寺门，只见殿阁庄严，花木葳蕤。丁香、藤萝已经开过，只剩下绿叶肥大。最引人注目的是那几棵千年古松柏，树身如苍龙盘曲，尖顶直刺入蔚蓝的晴空，使人看了，精神立刻为之一振。我们先看了北玉兰院的几棵玉兰，花开得正茂密。最后转到南玉兰院，看那一棵

234

大觉寺天王殿的弥勒佛像

玉兰之王。躯干极粗，但是主干已锯掉，只剩下旁枝，至少已有上百年的历史；但是比起三百余年的主干，仍然如小巫见大巫。此时玉兰花正在怒放，花开得茂密压枝。与之相对的是一棵树龄比较小一点的紫玉兰。两棵树一白一紫，相映成趣。大地的无限活力仿佛都随着花朵喷涌出来。无论谁看了，都会感到生命力的无穷无尽；都会感到人间的可爱，人间净土就在眼前；都会油然产生凌云的壮志。我们也都兴会淋漓，又走上后山，看了水泉。然后出寺野餐，又骑上自行车，回到了燕园，留下了终生难忘的记忆。

　　时间又一下子跳了将近二十年。我已经到了望九之年，垂垂老矣。两年前，我忽然接到一份请柬，要我到大觉寺去为明慧茶院开院典礼上剪彩。这使我有点惊愕：大觉寺怎么会同什么明慧茶院联系到一起呢？我准时去了，这是我第三次进大觉寺。此时此地，如果在江南正是"杂花生树，群莺乱飞"的季节，现在这里却只有杂花，而无群莺。寺内外已加修缮，特别是从南玉兰院一直到后面上面水泉楼一路几层院落，修饰得美轮美奂，金碧辉煌，雕梁画柱，熠熠闪光。简直是换了人间，今非昔比了。可惜丁香、玉兰已经开过花，只有那一架古藤萝仍然是繁花满枝，引得蜜蜂团团飞舞。

明慧茶院是怎么一回事呢？原来是北大中文系毕业生欧阳旭先生弃学从商，用现在的话来说就是"下了海"。欧阳旭英年岐嶷，经营有方，过了没有多久，经营就有可观的规模。但他毕竟是文化人，发财不忘文化。在众多经营之余，在海淀创办了国林风书店，其规模之大，可与风入松书店并驾齐驱。其藏书之精，又与万圣、风入松鼎足而三，为首都文化中心海淀增一异彩。据欧阳旭亲口告诉我，几年前，他同几个伙伴秋游，到了傍晚，在西山乱山丛中迷了路。"黄昏到寺蝙蝠飞"，他们碰巧走进了一座古寺，回不了城，就借住在那里。这就是大觉寺。夜里，他同管理寺庙的人剪烛夜话，偶然心血来潮，想在这座幽静僻远的古刹中创办点什么。三谈两谈，竟然谈妥，于是就出现了明慧茶院。难道这不就是佛家所说的因缘，俗语所说的机遇，哲学家所说的偶然性吗？

可是我心中有一个谜，至今仍处在解决与未解决之间。在宝刹大觉寺中可以兴办的事业是很多很多的，为什么欧阳旭独独钟情于茶呢？中国是茶的原产地，茶文化是中华文化不可分割的一个组成部分，中国饮茶的历史至少已有一两千年，而且茶文化传遍了世界，在日本独为繁荣，形成了闻名世界的日本茶道，也是日本文化不可分割的一部分。在欧洲，最著名的饮茶国家，喝的是红茶，在北非和中东，阿拉伯国家也喜欢饮茶，喝的是龙井，是绿茶。根据最近的世界饮料新动向，茶叶大有取代咖啡和可可之势，行将见中国的茶文化传遍世界，为人类造福，为中华添彩，发扬光大之日，就在眼前了。

谈到饮茶，必须有两个绝不可缺少的条件：一个是茶，一个是水。北方不产茶，至少是北京不能产茶，这是天意，谁也无力回天。至于水，北京是有的。

但是山中有水,在北方实如凤毛麟角。有水斯有寺,有寺斯有名,这是北京独特规律。山泉与普通河水迥乎不同,它来自高山深处,毫无污染,而且还含有许多对人体有益的微量元素,入口甘甜,如饮醍醐。再加上名茶一泡,天造地设,相得益彰。大觉寺就以泉水著称,一千余年前的辽代之所以在这里建寺,主要就是这里有甘泉。不管天多么旱,泉水总是从寺后最高处潺湲流出,永不衰竭。这是一个极为难得的条件。甘泉再佐以佳茗,则二美俱矣。这个好像摆在眼前现成的想法,为什么别人就从未想到过,只有等到 20 世纪末来了一个年轻小伙子欧阳旭才想到了而且立即付诸实施建立了明慧茶院呢? 这里面难道还有什么十分深奥难测的奥义吗?

不管怎样,明慧茶院建立起来了。开幕的那一天,虽然没有能看到玉兰开花,但是,到的名人颇为不少,学术界和艺术界的一些著名人物,如欧阳中石、范曾等等,都光临了。大家在憩云轩观赏禅茶表演。几个被派到南方专门学习禅茶表演的年轻的女孩子,在挂在门上的绣有一个大大的"禅"字的帷幕前,在一张精心布置的桌子上,认真表演茶艺,伴奏的是佛乐,庄严肃穆,乐声低沉而清越。唐明皇当年听到了仙乐,"骊宫高处入青云,仙乐风飘处处闻"。此时我们听到的是佛乐,乐声回荡在憩云轩前苍松翠柏之间,回荡到下面玉兰之王所住的明德轩小院中,回荡到上面山泉流出处的楼阁间,佛乐弥漫了整个大觉寺,仿佛这里就是人间净土,地上桃源。我因为坐在第一张桌子旁,得天独厚,得以喝到第一杯禅茶,味道确同平常的不同,其余的嘉宾也都听了佛乐,喝了名茶,大家颇有点流连忘返之意。

从此北京西山增添了一个景点。

而我心中则增添了一个亮点。

我有时候无缘无故地就想到大觉寺,神驰那里的苍松翠柏、玉兰、藤萝。第二年,正当玉兰花开花的时候,我急不可待地第四次到了大觉寺。那时许多棵玉兰都在奋勇怒放。那一棵玉兰之王开得更是邪乎,满树繁花,累累垂垂,把树干树枝完全盖满,只见白花,不见青枝,全树几千朵花仿佛开成了一朵硕大无朋的白色大花,照亮了明德轩小院,照亮了整个大觉寺,照亮了宇宙。逼得旁边那一棵有名的鼠李寄柏干瘪无光。连同玉兰之王对生的那一棵紫玉兰也失去了光彩。我失去了描绘的能力,思想和语言都一样,嘴里只能连声赞叹:奈何! 奈何!

过了不过个把月,我又一次来到了大觉寺,这次同来的有侯仁之、汤一介、乐黛云、李玉洁等人,我们第一次在这里过夜。侯仁之和我两个老头儿,被欧阳旭安排在明德轩所谓"总统套房"中。既曰"总统",必然华贵。我是个上不得台盘的人,平生不想追求华贵。我曾在印度总统府里住过。在一间像篮球场那样大的房间里,一个卧榻端端正正摆在正中央。我躺在上面,四顾茫然,宛如孤舟大洋,海天渺茫,我一夜没有睡着。今天又要住总统套房,心里真有点嘀咕。此时玉兰已经绿叶满枝,不见花影,而对面的一棵太平花则正在疯狂怒放,照得满院生辉。晚饭后,我们几个人围坐在太平花下,上天下地,闲聊一番。寂静的古寺更加寂静,仿佛宇宙间只有我们几个人遗世而独立,身心愉快,毕生所无。我走进总统套房,居然一夜酣睡,真如羲皇上人矣。

第二天,我照例4点起床,走出明德轩。此时晨曦未露,夜气犹存,微风不起,松涛无声。太平花似乎还没有睡醒,玉兰之王的绿叶也在凝定不动。古

大觉寺的玉兰花

大觉寺的银杏树

寺中一片寂静。只有屋脊上狂蹿乱跳的小松鼠,跑来跑去,络绎不绝,令人感到宇宙还在活着,并未寂灭。我一个人独立中庭,享受了生平第一个恬谧的早晨,让我永世难忘。

从此以后,我心中的那个亮点更加明亮了。我常常想到大觉寺,只要有机会,我就到大觉寺来。能够谈得来的一些朋友,我也想方设法请他们到大觉寺来品茗,最好是能住上一夜,领略一下这一座古寺的静夜幽趣。连从台湾不远千里而来的台湾大学图书馆馆长林光美女士,尽管是戎马倥偬,南北奔波,我也请她到大觉寺来住了一夜。她是品茗专家,是内行,她对大觉寺泉水和名茶的赞扬,其意义应该说是与众不同的,现在她已经回到了台北,我相信,她带回去的一定是对大觉寺美好的回忆。

至于我自己为什么这样向往大觉寺呢?这要同我目前的生活情况谈起。近几年来,不知道是从哪里来的一片虚名,套在了我的头上,成了一圈光环,给我招惹来了剪不断理还乱的麻烦。这个会长,那个主编,这个顾问,那个理事,纷至沓来,究竟有多少这样的纸冠,我自己实在无法弄清,恐怕只有上帝知道了。我成了采访的对象,这个电台,那个电视台,这家报纸,那家杂志,又是采访录像,又是电话采访。一遇到什么庆典或什么纪念,我就成了药方中的甘草,万不能缺。还有无穷无尽的会议,个个都自称意义重大,非参加不行。每天下午,我就成了专家门诊的专家,客厅里招待一拨客人,另外一拨或多拨候诊者只好在别的屋里等候。采访者照相成了应有之义。做道具照相,我已习惯;但是,照相者几乎每次必高呼:"笑一笑!"试问我一肚乱絮般的思绪,我能笑得起来吗?即使勉强一笑,脸上成什么模样,我自己是连想都不敢想的。校系两级领导,关心我的健康,在我门上贴上了谢绝会客的通知。然而知书识字的来访者却熟视无睹,依然想方设法闯进门来。听说北京某大学某一位名人,大概遇到了同我一样的遭遇,自己在门上大书:某某死了! 但是,死了也不行,他们仍然闯进门来,要向遗体告别。

"十年浩劫"期间,我忽发牛劲,以卵击石,要同北大那位"老佛爷"决斗,结果全军覆没,被抄家,被批斗,被关进牛棚,好不容易捡回来了一条小命,却成了"不可接触者"。几年之内,我没接到一封来信,没有一个客人。走在校内,没有哪个人敢向我说上一句话。我自己知趣,凡上路,必茫然向前看,绝不左顾右盼,也绝不敢踩别人的影子,以免把灾殃传给别人。你说,这样心里能痛快吗?当然不能。有时候我一个人困居斗室,感前途之无望,悲未来之渺茫,只觉得凄凉,孤独,寂寞,无助,此中滋味,非同病者实难相怜也。

然而,物换斗移,时异世迁,我从一个不可接触者一变而为极可接触者,宛如从十八层地狱一下子跃上三十三天。最初有一阵喜悦,自是人之常情。然而,时隔不久,这喜悦就逐渐淡漠下来,代之而起的是无名的苦恼。"千秋万岁名,寂寞身后事",我不想争名。我的收入足以维持我那水平不高的生活,我不想夺秋。我现在要求最迫切的是还我清静。"不可接触者"是最容易得到清静的。然而如今谁有这个本领能发动亿万群众,共同上演一出空前残暴的悲剧呢? 他年于无意中得之的"不可接触者"的地位,如今却是可望而不可即了。

我现在希望得到的是一片人间净土,一个世外桃源。万没想到,我又于无意中得到了净土和桃源,这就是欧阳旭在大觉寺创办的明慧茶院。我每一次从燕园驱车往大觉寺来,胸中的烦躁都与车行的距离适成反比,距离愈拉长,我的烦躁愈减少,等到一进大觉寺的山门,我的烦躁情绪一扫而光,四大皆空了。在这里,我看到了我的苍松、翠柏、丁香、藤萝、梨花、紫荆,特别是我的玉兰和太平花,它们都好像是对我合十致敬。还有屋脊上蹿跳的小松鼠,也好像对我微笑。我想到我前不久写的那一副对联:"屋脊狂蹿小松鼠,满院开满太平花。"不禁心旷神怡,虽古代桃花源中人,也不得不羡慕我了。

大概从人类有了较大的城市之日起,城市就与大自然形成了对立面,形成了鲜明的对照。连一千年前的陶渊明都曾高唱:"久在樊笼里,复得反自然。"欢悦之情,跃然纸上。清代末年,德国汉学家福兰阁任德国驻清朝的外交官,经常"上山"。我从他儿子傅吾康嘴里经常听到"上山"这个词儿。上哪个山呢?我从来没有问过,反正他每次来北京,总有一半时间"上山"。最近我才知道,他们父子俩上的山就是大觉寺,德国人毕竟是热爱自然的民族。到了今天,城市越来越大,越来越热闹,红尘万丈,喧嚣无度,虽然不能每个人都有像我那样的烦躁,但烦躁总会有的,只不过程度高低不同而已。大家都会渴望拥抱大自然,都在不同程度上想找一个人间净土,世外桃源。可每一个并不能都找得到,这不能不说是一件憾事。

我是有福的,我找到了大觉明慧茶院,而且帮助我的朋友们认识这是一块人间净土,世外桃源,我的朋友也都有福了。

我心中的那一个亮点将会愈来愈亮,愈亮。

1999年5月22日写毕

台游随笔

1999年3月26日，季羡林由北大副校长郝斌和助手李玉洁陪同，应圣严法师邀请赴台湾参加法鼓人文社会学院举办的"人文关怀与社会实践系列——人的素质"，并作了"关于人的素质的几点思考"的演讲。27日晨，季羡林来到台北"故宫博物院"山溪堂，与同来参会的国家图书馆馆长任继愈在青山绿水间游览。当日，他们参观了法鼓山。

　　在台湾期间，季羡林还访问了台湾"中央研究院"、台湾大学、"中央图书馆"、圆山大酒店和张大千的摩耶精舍，出席了台湾北大校友会等团体举办的多次欢迎宴会，在台湾十多天，季羡林一行走马观花，马不停蹄，行色匆匆。在繁忙的学术交流活动的间隙，季羡林还特意到恩师胡适和傅斯年的墓地凭吊。

楔　　子

1999年三四月间,我应邀赴台湾参加法鼓人文社会学院举办的"人文关怀与社会实践系列——人的素质学术研讨会"的讨论会。来去仅有十天,行色匆匆,见闻难广。但是,我毕竟去过许多地方。我虽已至望九之年,老态龙钟,步履维艰;耳虽不聪,尚能闻声;目虽不明,尚能见物,又因为神志还没有完全糊涂,见闻之余,必有所感,有时候心潮腾涌,不能自已,逼迫着我把见闻的印象和感触,从内心移到纸上来,我抗御不住这种逼迫,于是就拿起笔来。

我原来设想有两种写法,一是把印象最深感触最多的情景写成单篇的文章;一是在一个大题目下,写成一篇篇长短不均的文章,分别成为单篇,合则成为一个整体。最后我决定了采用后者,总题目就叫作"台游随笔",献给想了解台湾而尚未能亲往的读者。

初抵台北

飞机在减速下降,穿过一片白云,看到了一片碧蓝的天空。再穿过一片白云,看到下面极深极深的地方是一片碧蓝的海水。再过一两分钟,就看到了蜿蜒起伏的陆地,我心里想:台湾到了。

台湾果然到了。

不久我们的飞机就降落在台北机场上。

我虽然是初次来台湾,但是我对台湾并不陌生。我在读小学时在历史和地理课中,对台湾已经颇为熟悉了。我知道,中国这一个第一宝岛,自古以来,就是中国不可分割的一部分。但是,自明末清初以来,就交了华盖运。西方新兴的殖民主义国家看上了它,倚仗着自己的坚船利炮,不远数万里,从欧洲窜到台湾来,企图据为己有。哪里有侵略,哪里就有抵抗。于是郑芝龙、郑成功父子相继率领民众驱逐海寇。甲午战役以后,倭寇又入侵宝岛。唐景崧、刘永福等人,又率众抵抗。此时清廷已腐朽透顶,把台湾拱手送人。什么仁人志士也无能为力了。

记得在清华读书时,在吴宓(雨僧)先生的诗集注中,读到了台湾爱国志士邱逢甲的两句诗:

地陷东南留大岛,

天生豪杰救中原。

豪迈的诗句,掷地可作金石声,读之令人回肠荡气,浩然之气陡增。这两句诗,几十年来我一直不能忘记。今天我来到了台湾。双足一踏上台湾的土地,这两句诗立即响在我的心中。我想到古书上的两句话,我想套用在台湾上:"台湾乃报仇雪耻之乡,非藏垢纳污之地。"我觉得,从今天的政治形势来看,我们海峡两岸的同胞,如果都能记住这两句诗和这两句话,将会是大有好处的。

台北街头小景

街头小景,多么美妙动人的标题!

人们大概认为,我一到台北,立即迫不及待地走上街头,在车水马龙中,市声喧阗里,伫立街旁,凝神潜虑,静观眼前的花花世界,难得的印象,从眼中流入心中,形成妙文,既以悦己,兼以悦人。

实际情况却正好相反。

我在台北十天,除了卧病的那两天外,天天是从富都大饭店上车,或到会场下车,或到法鼓山下车,或到"中央研究院"下车,或到台湾大学下车,或到"故宫博物院"下车,或到圆山大酒店下车,根本没有逛过街,连晚上9时以后据说可以与日本东京银座媲美的街头夜景,我也没有动过心。台北的街头小景,完全是我透过汽车的玻璃用眼睛看到的,并没有什么真实的感受。

我原来觉得，台北离我远得很，像"三山半落青天外"那样不知多么远。我也从来没有敢希望亲临其境。然而，我今天确确实实是来到了台北。脚一踏上台北的土地，就使我大吃一惊，吃惊的不是像爱丽丝漫游奇境那样，而是像回到了五十年前的老家那样。街上来来往往，衣服穿着，跟大陆上一模一样。街道的建构，有一些地段同香港一样，人行道上有阁楼，下雨也不会挨淋。说的话很接近普通话，不像广州、香港那样的南蛮鴃舌之音。特别引人注目的是，满街的匾额都是繁体字。不见自行车，没有交通警，车辆行人都服从红绿灯的指挥。堵车时，让我立刻就想到泰国曼谷。长时间的堵车，前进不得，后退不行。此时只有摩托车像大海中的游鱼，从汽车行列的空隙中，蜿蜒前进，转瞬就能走出去很远，令车中焦急的人羡煞。摩托车后座上时有靓女，头戴钢盔，秀发在风中飘扬，是一道很美很美的风景线。我细察街旁的商店，槟榔店特多，这大概与当地的气候有关。我也乘坐过出租车，车前座位旁没有防劫车玻璃板。其中消息，颇耐人寻味。

　　我不知道，台湾算不算是亚热带，反正天气温暖，常年不结冰，温度很高。这些都大大有利于花草树木的成长。出台北以后，山清水秀，绿色成为主要色调。有些楼房前有小花园，栽种松柏等常绿树木，仿佛到了日本。在我的印象中，街头有不少开花的树。虽然不是由于"看花苦为译秦名"，同是中国领土，用不着"译秦名"，但是，我却确实是不知道花的名称，心头也曾漾起一丝烦恼。

　　街头小景，光怪陆离，变幻多端。我被禁锢在汽车小天地中，透过车窗，只能看到这一些，这当然是很不够的。但是限于时间，我也只能看到这个程度了。

我现在只希望，将来能够再有时机和好运，再来台北一次。到那时候，我一定脱开一切羁绊，从容漫步街头，把一切看得更真，更实，更细致，更完整。

血浓于水

台湾人对大陆的人究竟有什么看法呢？

说句老实话，我是带着这样的问号到台湾去的。

再说一句更老实的话，我是怀着对这个问号的回答到台湾去的，而且我的回答是悲观的，是消极的。试想大陆和台湾分开已经五十年了，中国人自己制造的一些障碍，加上外国那一个以世界警察自居的居心叵测的大国从中搅和，再加上在一段时间内儿戏般地每天炮击金门、马祖的记忆，在大陆人心中是无所谓的，但是，在台湾人心中恐怕是填满了一肚子愤激，对大陆人不会怀有好感的。

我就是怀着这样惴惴不安的心情登上了从香港到台北的飞机的。

但是，一走进飞机舱口，几位空姐亭亭玉立，站在一旁，看我年迈，立即用手搀扶，脸上的笑容，淳朴美好，令人一看就能知道，这是出自内心的微笑。平常照相，拍摄者总会喊一句："笑一笑！"这种微笑说到坏处，就只能像电影《瞧，这一家子》中陈强的"微笑"。空姐的微笑与此绝不相同。我们现在号召微笑服务，这当然比当年的"训斥服务"要好上一千倍。但是，其中总免不了伪装做作的成分，令"上帝们"感到还不如当年满面怒容的训斥那样容易接受。现在台湾空姐的微笑与此全然异趣。我想，她们会知道，从香港登机到台北去的旅客中绝不会缺少大陆人士的。这微笑是否与此有关呢？想到此处，我自己也觉得好笑起来，你这不是想入非非了吗？可能有点的。但是，在从香港到台北的一个多小时的飞行中，空姐们不但殷勤提供饮料，还给每一位客人准备了一顿丰盛的午餐，她们行动快捷而态度从容，事情繁忙而有条不紊，其中绝没有任何假冒伪劣的成分，这是每个人都能感觉到的。

我终于把惴惴不安的心情打发得一干二净，怀着其乐融融的心情，登上了台湾的土地。

一走出机场大厅，又让我大吃一惊。原来在台湾的北京大学东方语专的十几位校友，几乎是全体都赶到机场来欢迎我们了。他们都已接近或超过古稀之年，举着长达数丈的大红布标，上边写着欢迎我的字样。这真是大出我意料，一时感动得泪珠在眼眶里直滚。

这使我立即想到了我们常说的"血浓于水"四个有深刻意义的字。一讲到海峡两岸的关系，很多人口头上或文章中就自然而然流出了这四个字。今天我到了台湾，一登上台湾的土地，这四个字竟也毫不勉强完全自然地涌上了我的心头。这就说明，只有这四个字才有力量说明两岸人民内心深处的真挚感情。

从那以后，在台北的十天中，我至少有两次亲耳听到台湾朋友说出了这四个字。一次是在台湾北京大学同学会欢迎我们的宴会上。会上的气氛十分真挚温暖。校友们几乎都是在新中国成立前日寇投降后到台湾来的，年龄大都已超过了古稀。论人际关系，校友属于"朋友"一伦，是列入三纲五常的，如今再加上一个"校"字，关系更变得非同小可。北大校友遍北京，北大校友遍

季羡林(前排右二)与北大东方学系校友会台湾分会校友合影

中国,北大校友遍世界,北大校友也遍台湾。"北大"这两个掷地能作金石声的大字,有奇妙无比的凝聚力。不管是什么地方,见到什么人,只要一说是北大校友,两个人的心立即交融在一起,千言万语到了此时都黯然失色,无有用武之地了。在这样的情况下,你完全可以想象出今天晚上宴会的气氛。会长杨西崑先生已经九十二岁高龄,仍然在夫人的陪伴下亲临会场欢迎我们这几位从大陆来的校友,会上举杯互庆,共祝长寿。坐在我左边的是一位看来已达到了耄耋之年的女士,仪容端庄,但步履维艰,已显出了龙钟的老态。至少也在五六十年前了,她在北大读经济系,是赵迺抟教授的门生。她就是在台湾广有令誉的铭传大学创办人包德明女士。我坐在主宾位上,与杨西崑正相对。包女士在我左边,显然也是重要的席位。她耳朵不重听,我的耳朵也还对付着算是耳聪,因此,我们俩谈话很多。在觥筹交错中,她忽然站了起来,颤巍巍地走到两桌之间,站在那里,看起来非常激动,欲语泪双流。她用颤抖的声音,含着眼泪,大声说道:"我有一句话,已经在心里憋了几年。今天,看到大陆来的亲人,忍不住非说出来不行了。常言道:血浓于水。台湾和大陆的人都

251

是炎黄子孙，为什么竟不能统一起来！台湾富、大陆强，合起来就是一个既富且强的大国，岿然立于世界民族之林中，谁也不敢小看，谁也不敢欺负。这是中华民族绝大的好事，为什么竟不能实现！"说到这里，她感情激动得说不下去了，又颤巍巍地回到座位上。全体北大校友，在鼓掌之余，看上去都为之动容，在欢愉中加上了一点凄凉，在凄凉中又搀上了一片希望。此时，我无法猜度每一位校友内心的活动，但我想，我们大家想的都会是四个大字"祖国统一"吧。

这一位包德明校友还是一位十分信守诺言的人。我在台北，由于气候条件与大陆相差悬殊，加上以望九之年长途跋涉，患了感冒，发烧接近四十度。感冒本来是小病，可是对一个老人来说，这样高烧就非同小可了。于是台北的朋友就着实关心起来，其中以台湾大学图书馆馆长林光美女士最为积极。她通知了杨西崑先生，西崑先生立即想派他的私人医生来给我看病。光美又陪我到台大校医院去请内科主任为我检查治疗。风声也传到了包德明校友耳中。在宴会上她告诉我，她有祖传的治哮喘的灵丹妙药，答应当晚能送到我下榻的富都大饭店。我在下意识里暗自思忖：散会时已经到了晚上 10 点，送药不过是一句安慰我的客套话而已。焉知我回到旅馆，到了深夜，包女士的妙药竟真的送到了。我虽然已经睡下，但衷心感激与敬佩无论如何也抑制不住。包女士还答应我，我回大陆后，她将把药方寄给我。我回到燕园以后不久，包女士的信立即飞来。到了此时，我真是动了感情。我已至垂暮之年，平生经历了几个时代，自认为已经能"悲欢离合总无情"了。其实这只是一个假象，台北的朋友们，其中当然有包德明和林光美，一下子就用她们的行动证

252

明了,我并没有达到"总无情"的境界。"血浓于水"这几个字让我不得不丢掉我那个幻觉,承认了,即使自己到了茶寿之年,我仍然充满了感情的。对春花、秋月、夏雨、冬雪,对友谊,对人间一切美好的事情,我仍然是非动真感情不行的。对我来说,这是一件天大的好事。

我第二次从台湾朋友嘴里听到"血浓于水"这四个字,是在另一次宴会上。因为宴会过多,我现在无论如何也想不起来是在哪一次宴会上,谁是主人也完全忘了。但是,参加宴会的台湾朋友的身影,却历历如在目前。这一次宴会气氛之热烈绝不亚于北大校友举办的那一次。大家也是兴高采烈,频频举杯互祝健康长寿。正在大家的激情达到顶峰的时刻,一位年过六旬的长者站了起来,举杯祝酒,顺便讲了一席话,内容同包德明校友的话差不多,他也自然而然地使用了"血浓于水"这个现成的词儿。他没有掉眼泪;但是,声音低沉,显然他也是动了真情。同席的人,除了大陆去的几位学者以外,都是与上一次宴会不同的朋友。然而,心有灵犀一点通,这一"点"就是"血浓于水"。

我们在台北虽然只住了十天,但是到过的地方却是相当多的,除了某公纪念馆我们不感兴趣没有到以外,一般外来人总要参观的地方,我们几乎都到了。我们参观了法鼓山;我们游览了"故宫博物院",顺便看了附近的张大千的摩耶精舍;我们到过"中央研究院",访问了台湾大学;有名的"中央图书馆"就是我们开会的地方,当然在参观之列;离开台北的前夕,友人在著名的圆山大酒店设宴饯行,我们有机会观赏了晶莹如天空繁星的圆山的灯光。我们大大地饱了眼。

但是,我们绝不是见物不见人,我们广泛地接触了主要是教育界和学术界的知名人物，比如"中央研究院"院士和台湾大学的教授，还有政界的高层人物，比如"总统府"资政，以及经济界的后起之秀等等。普通老百姓，我们当然也见了不少，比如富都大饭店的服务人员等等。他们无一不亲切和蔼，彬彬有礼，给我们留下了深刻难忘的印象；对比之下，也使我不可遏止地喟然兴叹。

以后我们所到之处和所见之人，的确没有再听到"血浓于水"这样一句话。我在离开大陆前给自己定下了约法一章：到台湾去是寻求亲谊，寻求理解的，绝口不谈政治。两岸统一的问题，当然是政治问题。尽管我心里多么赞成，但是，即使对方有人谈，我也不主动去谈。对方谈得投机，我表示赞同，但也不再进一步作什么对比，追究原因。一直到今天，我还认为我这种态度是正确的。

总之，我在台北参观过很多地方，会见过很多人。听到说"血浓于水"这句话，虽然只有两次，但是，从我和众多的人的接触中，我深切感到，代表这四个字的感情却埋藏在几乎每一个人的心中。有一次，我要到一个地方去。有人说，那里是"台独"的窝子，小心他们会加害于你。我不知道，这句话是真是假，是庄是谐。但是，我到了那里受到了很亲切友好的接待。我对台北的情况是陌生的，不敢下什么断语，写在这里，聊资谈助而已。

长篇小说《三国演义》一开头就有一句非常有名的话："话说天下大势，分久必合，合久必分。"这虽然是小说家言，然而却道出了中国几千年历史发展的一个真理，是完全符合实际情况的。专就台湾而论，我在上面说到，自古以来就是中国不可分割的组成部分。最初荷寇侵略，被赶得夹着尾巴逃跑了。接着是日寇占领了接近半个世纪,最后也难逃被赶跑的命运。后来由于一个帝国主义大国的支持,成了现在这样分割的局面。我们的"分"可谓久矣。下一步当然是"合",这是历史发展的规律,无人能抗御的。如果真有人阻止我们"合",那只有赠他们两句诗:"蚍蜉撼大树,可笑不自量。"

1999 年 4 月 25 日

站在胡适之先生墓前

我现在站在胡适之先生墓前。他虽已长眠地下,但是他那典型的"我的朋友"式的笑容,仍宛然在目。可我最后一次见到这个笑容,却已是五十年前的事了。

1948 年 12 月中旬,是北京大学建校五十周年的纪念日。此时,解放军已经包围了北平城,然而城内人心并不惶惶。北大同人和学生也并不惶惶;而且,不但不惶惶,在人们的内心中,有的非常殷切,有的还有点狐疑,都是期望着迎接解放军。适逢北大校庆大喜的日子,许多教授都满面春风,聚集在沙滩子民堂中,举行庆典。记得作为校长的适之先生,做了简短的讲话,满面含笑,只有喜庆的内容,没有愁苦的调子。正在这个时候,城外忽然响起了隆隆的炮声。大家相互开玩笑说:"解放军给北大放礼炮哩!"简短的仪式完毕后,适之先生就辞别了大家,登上飞机,飞往南京去了。我忽然想到了李后主的几句词:"最是仓皇辞庙日,教坊犹奏别离歌,垂泪对宫娥。"我想改写一下,描绘当时适之先生的情景:"最是仓皇辞校日,城外礼炮声隆隆,含笑辞友朋。"我哪里知道,我们这一次会面竟是最后一次。如果我当时意识到这一点的话,我是含笑不起来的。

从此以后,我同适之先生便天各一方,分道扬镳,"世事两茫茫"了。听说,他离开北平后,曾从南京派来一架专机,点名接走几位老朋友,他亲自在南京机场恭候。飞机返回以后,机舱门开,他满怀希望地同老友会面。然而,除了一两位以外,所有他想接的人都没有走出机舱。据说——只是据说,他当时大哭一场,心中的滋味恐怕真是不足为外人道也。

适之先生在南京也没有能待多久,"百万雄师过大江"以后,他也逃往台湾。后来又到美国去住了几年,并不得志,往日的辉煌犹如春梦一场,它不复存在。后来又回到台湾。最初也不为当局所礼重。往日总统候选人的迷梦,也只留下了一个话柄,日子过得并不顺心。后来,不知怎样一来,他被选为"中央研究院"的院长,算是得到了应有的礼遇,过了几年舒适称心的日子。适之先生毕竟是一书生,一直迷恋于《水经注》的研究,如醉如痴,此时又得以从容继续下去。他的晚年可以说是差强人意的。可惜仁者不寿,猝死于宴席之间。死后哀荣备至。"中央研究院"为他建立了纪念馆,包括他生前的居室在内,并建立了胡适陵园,遗骨埋葬在院内的陵园。今天我们参拜的就是这个规模宏伟极为壮观的陵园。

我现在站在适之先生墓前,鞠躬之后,悲从中来,心内思潮汹涌,如惊涛骇浪,眼泪自然流出。杜甫有诗:"焉知二十载,重上君子堂。"我现在是"焉知五十载,躬亲扫陵墓。"此时,我的心情也是不足为外人道也。

我自己已经到望九之年,距离适之先生所待的黄泉或者天堂乐园,只差几步之遥了。回忆自己八十多年的坎坷又顺利的一生,真如一部二十四史,不知从何处说起了。

积八十年之经验,我认为,一个人生在世间,如果想有所成就,必须具备三个条件:才能、勤奋、机遇。行行皆然,人人皆然,概莫能外。别的人先不说了,只谈我自己。关于才能一项,再自谦也不能说自己是白痴。但是,自己并不是什么天才,这一点自知之明,我还是有的。谈到勤奋,我自认还能差强人意,用不着有什么愧怍之感。但是,我把重点放在第三项上:机遇。如果我一生还能算得上有些微成就的话,主要是靠机遇。机遇的内涵是十分复杂的,我只谈其中恩师一项。韩愈说:"古之学者必有师。师者所以传道、授业、解惑也。"根据老师这三项任务,老师对学生都是有恩的。然而,在我所知道的世界语言中,只有汉文把"恩"与"师"紧密地嵌在一起,成为一个不可分割的名词。这只能解释为中国人最懂得报师恩,为其他民族所望尘莫及的。

我在学术研究方面的机遇,就是我一生碰到了六位对我有教导之恩或者知遇之恩的恩师,我不一定都听过他们的课,但是,只读他们的书也是一种教导。我在清华大学读书时,读过陈寅恪先生所有的已经发表的著作,旁听过他的"佛经翻译文学",从而种下了研究梵文和巴利文的种子。在当了或滥竽了一年国文教员之后,由于一个天上掉下来的机遇,我到了德国哥廷根大学。正在我入学后的第二个学期,瓦尔德施密特先生调到哥廷根大学任印度学的讲座教授。当我在教务处前看到他开基础梵文的通告时,我喜极欲狂。"踏破铁鞋无觅处,得来全不费工夫。"难道这不是天赐的机遇吗?最初两个学期,选修

257

梵文的只有我一个外国学生。然而教授仍然照教不误,而且备课充分,讲解细致。威仪俨然,一丝不苟。几乎是我一个学生垄断课堂,受益之大,自可想见。二战爆发,瓦尔德施密特先生被征从军。已经退休的原印度讲座教授西克,虽已年逾八旬,毅然又走上讲台,教的依然是我一个中国学生。西克先生不久就告诉我,他要把自己平生的绝招全传授给我,包括《梨俱吠陀》《大疏》《十王子传》,还有他费了二十年的时间才解读了的吐火罗文,在吐火罗文研究领域中,他是世界最高权威。我并非天才,六七种外语早已塞满了我那渺小的脑袋瓜,我并不想再塞进吐火罗文。然而像我的祖父一般的西克先生,告诉我的是他的决定,一点征求意见的意思都没有。我唯一能走的道路就是:敬谨遵命。现在回忆起来,冬天大雪之后,在研究所上过课,天已近黄昏。积雪白皑皑地拥满十里长街。雪厚路滑,天空阴暗,地闪雪光,路上阒静无人,我挽扶着老爷子,一步高,一步低,送他到家。我没有见过自己的祖父,现在我真觉得,我身边的老人就是我的祖父。他为了学术,不惜衰朽残年,不顾自己的健康,想把衣钵传给我这个异国青年。此时我心中思绪翻腾,感激与温暖并在,担心与爱怜奔涌。我真不知道是置身何地了。

二战期间,我被困德国,一待就是十年。二战结束后,听说寅恪先生正在英国就医。我连忙给他写了一封致敬信,并附上发表在哥廷根科学院集刊上用德文写成的论文,向他汇报我十年学习的成绩。很快就收到了他的回信,问我愿不愿意到北大去任教。北大为全国最高学府,名扬全球;但是,门槛一向极高,等闲难得进入。现在竟有一个天赐的机遇落到我头上来,我焉有不愿意之理!我立即回信同意。寅恪先生把我推荐给了当时北大校长胡适之先生,代理校长傅斯年先生,文学院院长汤用彤先生。寅恪先生在学术界有极高的声望,一言九鼎。北大三位领导立即接受。于是我这个三十多岁的毛头小伙子,在国内学术界尚藉藉无名,公然堂而皇之地走进了北大的大门。唐代中了进士,就"春风得意马蹄疾,一日看遍长安花"。我虽然没有一日看遍"北平花",但是,身为北大正教授兼东方语言文学系主任,心中有点扬扬自得之感,不也是人之常情吗?

在此后的三年内,我在适之先生和锡予(汤用彤)先生领导下学习和工作,度过了一段毕生难忘的岁月。我同适之先生,虽然学术辈分不同,社会地位悬殊,想来接触是不会太多的。但是,实际上却不然,我们见面的机会非常多。他那一间在孑民堂前东屋里的狭窄简陋的校长办公室,我几乎是常客。作为系主任,我要向校长请示汇报工作,他主编报纸上的一个学术副刊,我又是撰稿者,所以免不了也常谈学术问题,最难能可贵的是他待人亲切和蔼,见什么人都是笑容满面,对教授是这样,对职员是这样,对学生是这样,对工友也是这样。从来没见他摆当时颇为流行的名人架子、教授架子。此外,在教授会上,在北大文科研究所的导师会上,在北京图书馆的评议会上,我们也时常有见面的机会,我作为一个年轻的后辈,在他面前,绝没有什么局促之感,经常如坐春风中。

适之先生是非常懂得幽默的,他绝不老气横秋,而是活泼有趣。有一件小事,我至今难忘。有一次召开教授会,杨振声先生新收得了一幅名贵的古画,为了想让大家共同欣赏,他把画带到了会上,打开铺在一张极大的桌子上,大家都啧啧称赞。这时适之先生忽然站了起来,走到桌前,把画卷了起来,

1948年6月15日,季羡林(前排左一)在子民堂与来参加泰戈尔画展开幕式的各界名流合影

作纳入袖中状,引得满堂大笑,喜气洋洋。

这时候,印度总理尼赫鲁派印度著名学者师觉月博士来北大任访问教授,还派来了十几位印度男女学生来北大留学,这也算是中印两国间的一件大事。适之先生委托我照管印度老少学者。他多次会见他们,并设宴为他们接风。师觉月作第一次演讲时,适之先生亲自出席,并用英文致欢迎词,讲中印历史上的友好关系,介绍师觉月的学术成就,可见他对此事之重视。

适之先生在美留学时,忙于对西方,特别是对美国哲学与文化的学习,忙于钻研中国古代先秦的典籍,对印度文化以及佛教还没有进行过系统深入的研究。据说后来由于想写完《中国哲学史》,为了弥补自己的不足,开始认真研究中国佛教禅宗以及中印文化关系。我自己在德国留学时,忙于同梵文、巴利文、吐火罗文及佛典拼命,没有余裕来从事中印文化关系史的研究。回国以后,迫于没有书籍资料,在不得已的情况下,开始注意中印文化交流史的研究。在解放前的三年中,只写过两篇比较像样的学术论文:一篇是《浮屠与佛》,一篇是《列子与佛典》。第一篇讲的问题正是适之先生同陈援庵先生争吵到面红耳赤的问题。我根据吐火罗文解决了这个问题。两老我都不敢得罪,只采取了一个骑墙的态度。我想,适之先生不会不读到这一篇论文的。我只到清华园读给我的老师陈寅恪先生听。蒙他首肯,介绍给地位极高的《中央研究院史语所集刊》发表。第二篇文章,写成后我拿给了适之先生看,第二天他就给我写了一封信,信中说:"《生经》一证,确凿之至!"可见他是连夜看完的。他承认了我的结论,对我无疑是一个极大的鼓舞。这一次,我来到台湾,前几天,在大会上听到主席李亦园院士的讲话,中间他讲到,适之先生晚年任"中央研究院"院长时,在下午饮茶的时候,他经常同年轻的研究人员坐在一起聊天。有一次,他说:"做学问应该像北京大学的季羡林那样。"我乍听之下,百感交集。适之先生这样说一定同上两篇文章有关,也可能同我们分手后十几年中我写的一些文章有关。这说明,适之先生一直到晚年还关注着我的学术研究。知己之感,油然而生。在这样的情况下,我还可能有其他任何的感想吗?

我现在站在适之先生墓前,心中浮想联翩,上下五十年,纵横数千里,往事如云如烟,又历历如在目前。中国古代有俞伯牙在钟子期墓前摔琴的故事,又有许多在挚友墓前焚稿的故事。按照这个旧理,我应当把我那新出齐了的《文集》搬到适之先生墓前焚掉,算是向他汇报我毕生科学研究的成果。但是,我此时虽思绪混乱,但神志还是清楚的,我没有这样做。我环顾陵园,只见石阶整洁,盘旋而上,陵墓极雄伟,上覆巨石,墓志铭为毛子水亲笔书写,墓后石墙上嵌有"德艺双隆"四个大字,连同墓志铭,都金光闪闪,炫人双目。我站在那里,蓦抬头,适之先生那有魅力的典型的"我的朋友"式的笑容,突然显现在眼前,五十年依稀缩为一刹那,历史仿佛没有移动。但是,一定神儿,忽然想到自己的年龄,历史毕竟是动了。可我一点也没有颓唐之感。我现在大有"老骥伏枥,志在万里"之感。我相信,有朝一日,我还会有机会,重来宝岛,再一次站在适之先生的墓前。

1999年5月2日(有删节)

扫傅斯年先生墓

我们虽然算是小同乡,但我与孟真先生并不熟识,几乎是根本没有来往。原因是年龄有别,辈分不同。我于1930年到北京来上大学的时候,进的是清华大学。当时孟真先生已经是学者,是教育家,名满天下了。我只是一个无名小卒,不可能有认识的机会。我记得,在我大学一年级或二年级时,不知是清华的哪一个团体组织了一次系列讲座,邀请一些著名的学者发表演说,其中就有孟真先生。时间是在晚上,地点是在三院的一间教室里。孟真先生西装笔挺,革履锃亮。讲演的内容,我已经完全忘记了;但是,他那把双手插在西装坎肩的口袋里的独特的姿势,却至今历历如在目前。

以后一段长达十五六年的时间中,我同孟真先生互不相知,一没有相知的可能,二没有相知的必要,我们本来就是萍水相逢嘛。

然而天公却别有一番安排,我在德国待了十年以后,陈寅恪师把我推荐给北京大学。1946年夏,我回国住在南京。适值寅恪先生也正在南京,我曾去谒见。他让我带着我在德国发表的几篇论文,到鸡鸣寺下中央研究院去拜见当时的北大代校长傅斯年。我遵命而去,见了面,没有说上几句话,就告辞出来。我们第二次见面就是这样匆匆。

二战期间,我被阻欧洲,大后方重庆和昆明等地的情况,我茫无所知。到了南京以后,才开始零零星星地听到大后方学术文化教育界的一些情况,涉

263

及面非常广,当然也涉及傅孟真先生。他把山东人特有的直爽的性格——这种性格其他一些省份的人也具有的——发挥到淋漓尽致的水平。他所在的中央研究院当时是国民党政府下属的一个机构。但是,他不但不加入国民党,而且专揭国民党的疮疤。他被选为地位很高的参政员,是所谓"社会贤达"的代表。他主持正义,直言无讳,被称为"傅大炮"。国民党的四大家族,在贪赃枉法方面,各有千秋,手段不同,殊途同归。其中以孔祥熙家族名声最坏。那一位"威"名远扬的孔二小姐,更是名动遐迩,用飞机载狗逃难,而置难民于不顾。孟真先生不讲情面,不分场合,在光天化日之下,大庭广众之中,痛快淋漓地揭露孔家的丑事,引起了人民对孔家的憎恨。孟真先生成为"批孔"的专业户,口碑载道,颂声盈耳。

孟真先生的轶事很多,我只能根据传说讲上几件。他在南京时,开始任中央研究院历史语言研究所所长。他待人宽厚,而要求极严。当时有一位广东籍的研究员,此人脾气古怪,双耳重听,形单影只,不大与人往来,但读书颇多,著述极丰。每天到所,用铅笔在稿纸上写上两千字,便以为完成了任务,可以交卷了,于是悄然离所,打道回府。他所爱极广,隋唐史和黄河史,都有著述,洋洋数十万言。他对历史地理特感兴趣,尤嗜对音。他不但不通梵文,看样子连印度天城体字母都不认识。在他手中,字母仿佛成了积木,可以任意挪动。放在前面,与对音不合,就改放在后面。这样产生出来的对音,有时极为荒诞离奇,那就在所难免了。但是,这位老先生自我感觉极为良好,别人也无可奈何。有一次,他在所里作了一个学术报告,说《史记》中的"禁不得祠明星出西方""不得"二字是 Buddha(佛陀)的对音,佛教在秦代已输入中国了。实际上,"禁不得"这样的字眼儿在汉代是通用的。老先生不知怎样一时糊涂,提出了这样的意见。在他以前,一位颇负盛名的日本汉学家藤田丰八已有此说。老先生不一定看到过。孤明独发,闹出了笑话。不意此时远在美国的孟真先生,听到了这个信息,大为震怒,打电话给所里,要这位老先生检讨,否则就炒鱿鱼。老先生不肯,于是便卷铺盖离开了史语所,老死不明真相。

但是,孟真先生是异常重视人才的,特别是年轻的优秀人才。他奖励扶掖,不遗余力。他心中有一张年轻有为的学者的名单。对于这一些人,他尽力提供或创造条件,让他们能安心研究,帮助他们出国留学,学成回国后仍来所里工作。他还尽力延揽著名学者,礼遇有加。他创办的《史语所集刊》在几十年内都是国内外最有权威的人文社会科学的刊物。一登龙门,声价十倍,能在上面发表文章,是十分光荣的事。这个刊物至今仍在继续刊行,旧的部分有人多方搜求,甚至影印,为 20 世纪中国学术界所仅见。

孟真先生有其金刚怒目的一面,也有其菩萨慈眉的一面。当年在大后方昆明,西南联大的教师和中央研究院史语所的研究员,有时住在同一所宿舍里。在靛花巷宿舍里,陈寅恪先生住在楼上,一些年纪比较轻的教员和研究员住在楼下。有一天晚上,孟真先生和一些年轻学者在楼下屋子里闲谈。说到得意处,忍不住纵声大笑。他们乐以忘忧,兴会淋漓,忘记了时光的流逝。猛然间,楼上发出手杖捣地板的声音。孟真先生轻声说:"楼上的老先生发火了。""老先生"指的当然就是寅恪先生。从此就有人说,傅斯年谁都不怕,连蒋介石也不放在眼中,唯独怕陈寅恪。我想,在这里,这个"怕"字不妥,改为"尊敬"就更好了。

这一次,我由于一个不期而遇的机会,来到了台北,又听到了一些孟真先生的轶事。原来他离开大陆后,来到台湾,仍然担任"中央研究院"史语所所长,同时兼任台湾大学的校长。他这一位大炮,大概仍然是炮声隆隆。据说有一次蒋介石对自己的亲信说:"那里(指台大)的事,我们管不了!"可见孟真先生仍然保留着他那一副刚正不阿的铮铮铁骨,他真正继承了中国历代知识分子最优秀的传统。

根据我上面的琐碎的回忆,我对孟真先生是见得少,听得多。我同他最重要的一次接触,就是我进北大时,他正是代校长,是他把我引进北大来的。据说——又是据说,他代表胡适之先生接管北大。当时日寇侵略者刚刚投降。北大,正确地说是"伪北大"教员可以说都是为日本服务的;但是每个人情况又各有不同,有少数人认贼作父,觍颜事仇,丧尽了国格和人格。大多数则是不得已而为之。二者应该区别对待。孟真先生说,适之先生为人厚道,经不起别人的恳求与劝说,可能良莠不分,一律留下在北大任教。这个"坏人"必须他做。他于是大刀阔斧,不留情面,把问题严重的教授一律解聘,他说,这是为适之先生扫清道路,清除垃圾,还北大一片净土,让他的老师胡适之先生怡然、安然地打道回校。我就是在这样一个关键时刻到北大来的。我对孟真先生有知遇之感,难道不是很自然的吗?

这一次我们三个北大人来到了台湾。台湾有清华分校,为什么独独没有北大分校呢?有人说,傅斯年担任校长的台湾大学就是北大分校。这个说法被认为是完全正确的。我们三个人中,除我以外,他们俩既没有见过胡适之,也没有见过傅孟真。但是,胡、傅两位毕竟是北大的老校长,我们不远千里而来,为他们二位扫墓,也完全是合情合理的。我们谨以鲜花一束,放在墓穴上,用以寄托我们的哀思。我在孟真先生墓前行礼的时候,心里想了很多很多。两岸人民有手足之情,人为地被迫分开了五十多年,难道现在和好统一的时机还没有到吗?本是同根生,见面却如参与商,一定要先到香港才能再飞台湾。这样人为的悲剧难道还不应该结束吗? 北大与台大难道还不应该统一起来吗? 我希望,我们下一次再来扫孟真先生墓时,这一出人间悲剧能够结束。

1999 年 5 月 5 日

法 鼓 山

出台北市,驱车东行数十里。马路左右两边的情况大体上可以说是:左边是参差起伏的、高低不等的山峦,右边是平畴,有时有高楼耸立,有时是田畴。不管左边,还是右边,都是绿树蓊郁,冬夏常青。台北的气候可能与昆明相似:"四时皆是夏,一雨便成秋。"什么时候都有杂花生树,碧草如茵。我们仿佛置身于绿色的宇宙中。

快到海边时,车突然停在一处山峦下,这里就是法鼓山。

这里原来不叫法鼓山,这名字是台湾极为受人尊敬的高僧圣严法师给起的。在汉译佛典中常有"吹大法螺,击大法鼓"这样的句子,意思是螺声高昂,鼓声深沉,使佛法响彻大千世界,使众生脱离苦海,登上净土。圣严法师购得

267

了这一座山,准备在这里创建一所法鼓大学,不是为了培养僧侣,而是为了培养社会建设所需要的人才。校长是原台湾"中央图书馆"馆长曾济群教授,一位干练通达、和蔼可亲的中年学者。在法鼓山上,同时并创建一所中华佛学研究所,所长是邃于佛学研究的李志夫教授。圣严法师筹资六十亿台币,兴建两个机构的楼堂馆阁,现在已经兴土。再过几年,行将是在一片荒山中,佛刹梵宇,学馆黉宫,拔地而起,隔断天日,为祖国教育增辉,为佛学研究添彩。我不禁乐从中来,一失神儿,眼前一片海市蜃楼,缥缈天际,琳宫摩天,宝树匝地,祥云缭绕,星月增辉,我乐得毛发直竖,真不知是置身何地了。

圣严法师和我,也算得上是老朋友了。若干年前,他来访大陆,在颐和园听鹂馆识素斋,宴请北京学术界,特别是佛学界的学者们。到的人相当多,可见圣严法师在北京的朋友是相当不少的。颐和园晚上是不开放的。此时偌大一个皇家园林一片黢黑,阒静无声。独有听鹂馆灯火辉煌,上冲霄汉。学者促膝对坐,叙旧论学,其乐融融。从圣严法师的弟子口中得知他是日本东京大学的文学博士,学富五车,娴熟佛典,是一位在台湾德艺并隆、广有徒众的高僧大德。他的弟子大多数也都获得了最高学位,都是满腹经纶的。他们师徒就像当年摩揭陀国的释迦牟尼如来佛和大弟子阿难、迦叶一样传道授业,亲密无间。这更增加了我对他们的钦敬和仰慕。

其后不久,李志夫教授受圣严法师的委托,在台湾出版了我的一本论文集《季羡林佛教学术论文集》。这是我在台湾出版的第二本著作,第一本是林聪明教授为我出版的《敦煌吐鲁番吐火罗文研究导论》。在这之前,听说台湾某出版社曾出版我翻译的《五卷书》等,把我的名字略加改变,仿佛清政府

季羡林(右)与任继愈(中)、圣严法师(左)在台湾合影

把"孙文"改为"孙汶"那样,以示我是"异类"。这且不去管它,反正李志夫和林聪明二位教授出版了,而且是堂堂正正地出版了我的著作,使我能够同台湾学者结下文字因缘。

去年,圣严法师又率团来大陆访问,旧雨重逢,倍增欢悦。我又结识了曾济群校长和圣严法师的高足惠敏法师,旧雨加上今雨,使我的欢悦又增加了一倍。我们在天食素菜馆设宴,为法师一行洗尘。回忆起数年前的听鹂夜宴,先后真可以媲美。尘世碌碌,欢愉之事不多,像这样的聚会,真正能让我毕生难忘了。

可谁又能想到,今天我竟然来到了台北,而且登上了法鼓山。在这里,我们不但会见了圣严法师, 还会见了老友曾济群校长、李志夫教授和惠敏法师。此地背山面海,山虽不高,而阜峦竞秀,隐含着一派灵气。大学和研究所的建筑正在兴建中。工地上难免车马喧阗,人声嘈杂。然而在看来像是临时修建作为办公用的房屋中,却是威仪俨然,静寂少声。成群的来宾,许多年轻的僧尼和义工走路说话都是轻声细语,忙而不乱。在一座大厅中举行了简单而隆重的欢迎仪式。圣严法师讲了话。我向他敬献著名书法家欧阳中石先生书写的条幅和拙著《季羡林文集》。献完了书以后,完全出我意料,圣严法师低声问我:"《糖史》在里面吗?"《糖史》,顾名思义,是专门研究蔗糖在中国和世界上传布的历史的,在这个题目上,我用了多年的精力和时间,它虽与印度和佛教有点关系,但主要是科技史。全书两巨册,共约八十万字。第一编是国内编,已经出版。第二编是国际编,没有单独出版,只收在《文集》中,不意圣严法师对这个问题也有兴趣,由此可见他之博学,使我油然而起仰止之意。

午餐是素斋自助餐,饭菜清香可口,不像市面上的那一些素菜馆,用大量的油,仿佛想用油来支撑局面。一打听,这些素斋都是义工少女亲手烹调。什么叫"义工"呢? 我将在另一篇随笔里专门来谈这个问题,这里先从略。

午餐以后,我们又驱车返回台北市。一走进繁华的市区,车水马龙,人声鼎沸,一走神儿,上午在法鼓山看到的那一片海市蜃楼又在我眼前浮动起来:琳宫摩天,宝树匝地,祥云缭绕,星月增辉。

1999 年 5 月 8 日

义　工

"义工"这个词儿,是我来到台北后才听说的,其含义同大陆上的"志愿者"有点近似。说是"近似",就是说不完全一样,"义工"的思想基础是某种深沉执着的信念或者信仰,是宗教的,也可能是伦理道德的。大陆上的志愿者,当然也有其思想基础,但是不像台湾义工那样深沉,甚至神秘。

我在《法鼓山》那一篇随笔里提到，我是在法鼓山第一次听到"义工"这个词儿的。原来那一天我们在法鼓山遇到的那一些青年女孩子，除了着僧装的青年尼姑外，其余着便装的都是义工。他们多数来自名门大家，在家中有成群的丫环和保姆伺候着，衣来伸手，饭来张口，是地地道道的大小姐，掌上明珠。但是，她们却为某一种信念所驱使，上了法鼓山，充当义工。为了做好素斋，她们拼命学习。这都是些极为聪明的女孩子，一点就透。因此，她们烹制出来的素斋就不同凡响，与众不同。了解到了这些情况以后，我的心为之一震。我原来以为这些着装朴素、态度和蔼、轻声细语、温文尔雅的女孩子，不外是临时工、计时工一流的人物，现在才悟到，我是有眼不识泰山。正像俗话所说的：从窗户眼里向外看人，把人看扁了。我的心灵似乎又得到了一次洗涤。

远在天边，近在眼前，我哪里知道，原来天天陪我们的两位聪明灵秀的年轻的女孩子就是义工。一个叫李美宽，一个叫陈修平。她们俩是我们的领队，天天率领我们准时上车，准时到会场，准时就餐，又准时把我们送回旅馆。坐在汽车上，她们又成了导游，向我们解释大马路上一切值得注意的建筑和事情，口齿伶俐得如悬河泻水，滔滔不绝，绝不会让我们感到一点疲倦。她们简直成了我们的影子，只要需要，她们就在我们身边，她们的热情和周到感动着我们每一个人。

我原来以为，她们是大会从某一个旅行社请来的临时工，从大会每天领取报酬，大会一结束，就仍然回到原单位去工作。只是在几天之后，我才偶然得知：她们都是义工。她们都有自己的工作岗位，在法鼓大学召开大会期间，前来担任义工,从凌晨到深夜,马不停蹄,像走马灯似的忙得团团转,本单位所缺的工作时间,将来在星期日或者假日里一一补足。她们不从大会拿一分钱。这种无私奉献的精神不是非常能感人吗?

我没有机会同她俩细谈她们的情况,她们的想法,她们何所为而来,以及她们究竟想得到些什么。即使有机会,由于我们的年龄相差过大,她们也未必就推心置腹地告诉我。于是,在我眼中,她们就成了一个谜,一个也许我永远也解不透的谜。

在大陆上,经济效益,或者也可以称之为个人利益,是颇为受到重视的。我绝不相信,在台湾就不是这样的。但是,表现在这些年轻的女义工身上的却是不重视个人利益。至少在当义工这一阶段上,她们真正是毫不利己,专门利人的。对于这两句话,我一向抱有保留态度。我觉得,一个人一生都能做到这一步,是完全不可能的。在某一段短暂的时间内,在某一件事情上,暂时做到,是可能的。那些高呼毫不利己,专门利人的人们,往往正是毫不利人,专门利己的家伙。然而,在台北这些女义工身上,我却看到了这种境界。她们有什么追求呢?她们有什么向往呢?对我来说,她们就成了一个谜,一个也许我永远也解不透的谜。

这些谜样的青年女义工们有福了!

1999 年 5 月 9 日

272